小鳥、来る

山下澄人

中央公論新社

小鳥、来る

1

おれたちはぼくじょうに牛を見に行こうと川沿いを歩いていた、ぼくじょうは町中にあった、誰もぼくじょうとは呼んでなかった、ほとんどは、

「牛小屋」

と呼んでいた、おれとたけしだけ「ぼくじょう」と呼んでいた、ぼくじょうは川沿いの自動車工場の裏にあった、もう少し先、トンネルを抜けたところにあったもう一つの自動車工場は少し前から閉まっていた、そこに住んでいた夫婦が働いていた男を殺して庭に埋めていたからだ、おれは何度もその夫婦を見た、殺された男もたぶん見ていたけど、男のことは思い出せなかった、夫婦はいつでも思い出せた、夫婦の男はいつも笑っていた、女は笑ってなかった、どちらが殺したのかは知らない、どちらかが押さえつけて、どちらかが首を絞めるか、包丁で刺すかしたのかもしれない、それでも二人で殺したことになる、それは父が言った。

たけしとひろしくんとまーちゃんがいた、妹もいた、たけしもまーちゃんもおれも同じアパートに住んでいた、まーちゃんは父親と二人で暮らしていた、まーちゃんの父親をおれもたけしも最近見ていなかった、ひろしくんは別のところに住んでいたからまーちゃんの父親を見た

ことがなかった、まーちゃんの父親は人を殺して刑務所にいると言っていたのはたけしだ、言っていたのがたけしだからあてにならない、たけしの話の半分はうそだ、もしほんとうに刑務所にいたらまーちゃんは一人で暮らしていることになる、小学校三年で一人で暮らせるはずがない、まーちゃんはとても頭はいいけどたぶん知らない、まーちゃんはおれと同い年だ、たけしは一つ下だ、ひろしくんは一つ上だ。

自動車工場が見えた、妹はいつの間にかいなくなっていた、妹はいつもそうだ、黙ってついて来て、いつもいつの間にかいなくなった、妹はほとんどしゃべらなかった、テレビを見ながらくすくす笑うか、おれに何かをされて泣くかだった、妹が泣くと誰も止められなかった、全身に汗をかいて泣いた、だから妹は泣かさないようにしないとだめ、泣いたら大変、パトカーが来たことがあった、それはうそだ。

「おれやっぱりええわ」

自動車工場の前まで来てからひろしくんが言った、ひろしくんは白いシャツを着て、白いハイソックスをはいていた、運動靴も真っ白だった、おれは体操服を着ていた、たけしも体操服を着ていた、それも白い、だけどひろしくんのは体操服じゃない。たけしは一年中体操服を着ていた、さすがに冬は上は長袖になっていたけど下は冬でも半ズボンだった、ときどきふとももが赤くまだらになったりしていた、でも冬でも半ズボンのやつは他にもたくさんいた、おれは冬は長ズボンをはいた、風邪をこじらせると喘息《ぜんそく》になるからだ、ひろしくんはぼくじょうへとつながる路地にも入ろうとしなかった、

「何で」
たけしが言った、
「くさいねんもん」
ひろしくんが言った、
「公園行って野球しょーや」
ひろしくんは野球がうまい、たけしがつばを吐いた、たけしはすぐにつばを吐いた、たけしは野球が下手だ、だから嫌いだ、おれも下手だ、だから嫌いだ、たけしはひろしくんがあまり好きじゃなかった、
「あいついきっとーわ」
かっこつけてるとたけしは言っていた、だけどおれはひろしくんがかっこをつけているとは思わなかった、ひろしくんは家も大きいし、お父さんもお母さんもちゃんとしていた、勉強も出来た、まーちゃんにはかなわなかったけど、まーちゃんはとても勉強が出来た、なのにテストで百点を取らなかった、取れなかったのじゃなく、取らなかった、おれにはわかっていた、まーちゃんはわざと間違えて答えを書いていた、どうしてかは知らない、おれはひろしくんの家ではじめて冷たい紅茶を飲んだ、冷たい紅茶は甘くてとてもおいしかった、たけしは飲んだことがない、たけしはひろしくんの家の前までなら何度か行ったことがあったが入ったことはない、ひろしくんのお母さんが「入り」と言ってもたけしは「いやじゃ」と入らなかった、ひろしくんには中学二年のお姉さんがいた、テニスをやっていた、お姉さんはおれやたけしを見

つけると「あ」と笑って飴《あめ》をくれたりしたからおれは好きだった、たけしも好きだったはずだけど、たけしはそういうときでもつばを吐いたりした。

「野球いやや」

たけしが言った、

「ほなサッカーでもええで」

ひろしくんはサッカーもうまかった。たけしは右足がゆがんでいた、自動車にはねられすぎたからだ、たけしは何度も自動車にはねられていた、あいつはいつか車にひかれて死ぬとまわりの大人は口にしていた、父も言っていた。

「野球のんがええんちゃうん」

おれが言った、

「ほなあとで野球しょーぜ」

とひろしくんは帰って行った、

「野球絶対いややわ」

たけしが言った、

「なんでみんな野球するん」

たけしが言った、まーちゃんが小さい声で「グローブ貸したんで」と言った、

「え」

とおれとたけしは言った、

「グローブ二つ持っとん？」

おれが言った、

「うん」

まーちゃんが言った、おれは一つは持っていた、父が買って来た、だけどそれは安売りの大人用だったからおれには大きかった、あんな大きなグローブじゃ、フライなんかとれない、

「おれ野球いややなぁ」

たけしがまた言った。おれたちは自動車工場の横の路地へ入った、この先に牛はいた、うんこがしたいとたけしが路地のすみにしゃがんだ、犬のうんこがたけしの横に落ちていた、

「ふむなよ」

「何を」

「犬のババ」

「かりんとうのこと、おれのお父さん、猫のババって言う」

まーちゃんが言った、確かに猫のうんこはかりんとうみたいだ。

赤牛が鳴いた、牛は四頭いた、三頭は白黒のやつで、一つだけ赤い茶色で、おれとたけしはそれを
「あかうし」

と呼んでいた、まーちゃんにもたけしが
「あれがあかうし」

とさっき教えた、

「あかうし」

まーちゃんは小さな声で言った、だけどたけしには聞こえていなかった、おれは聞いた、まーちゃんはとても小さな声で
「あかうし」

とまた言った。

夏休みに入る前、父が工場をやめた、いつものことだからびっくりしない、でも母はびっくりしたみたいだった、これまでも何回もやめていたし、だからいちいちびっくりしなくてもいいのにと思ったけど、一ヶ月でやめた、ということに母はびっくりしていた、

「働きやすい言うてたやん」

母は言った、父は何も言わなかった、

「どうすんの」

「わたしの仕事も減るんやで」

母も働いていた、母も工場で働いていた、父のも母のも何の工場か知らない、

「ゴムや」

母はよく肉を持って帰ってきた、すごくたくさん、おれは肉が好きだ、母はよく熱を出したり、お腹が痛くなったりして休むから仕事を減らされていた。妹はテレビを見ていた、父と母が言いあいをはじめたから、それが嫌でテレビをにらんでいるというのではなかった、妹はほ

んとうに熱心にテレビを見ていた、妹はテレビが好きだった、というか、動いているものを見るのが好きだった、電車やバスに乗ると熱心に窓の外を見ていた、妹にとってテレビは動いている電車やバスの窓だった、だから番組は何でもよかった、そのときは野球を見ていた、チャンネルを変えても何も文句は言わなかった、ついていればよかった、父は三十三歳だった、母は三十五歳だった。


夏休みが始まった、おれは毎日学校のプールへ通っていた、たけしも来たけどたけしは泳げなかった、泳げないと言うとすごく怒った、教えてやると言っても
「いや」

と言って怒った。

まーちゃんがクロールの練習をしていた、だけどあまり息つぎがうまく出来なかったから、息つぎのたびに泳ぐのをやめて手で顔を拭いていた、クロールができないらしい、おれも最初はそうだった、平泳ぎばかりで泳いでいた、クロールは息つぎなしで二十五メートル泳いだりしていた、できるようになったのは去年だ、二年のときだ、横を向いたら息ができた、だからおれはまーちゃんの近くに行って、

「顔横向けたらええねん」

と言った、顔を水から出そうとするからからだが立ってしまってうまく泳げなくなる、

「横？」

まーちゃんが言った、とても小さい声だった、おれはまーちゃんに立ったままでやってみせた、

「かくやん、手ぇ下に行くやん、そんとき、え、て横向くねん」

え、のところでまーちゃんが笑った、だからおれは、

「何、て横向くねん」

まーちゃんはまた笑った、

「やってん」

おれは言った、まーちゃんがやってみた、何回かはうまく出来なかったけど、止まらずに泳げるようになった、

「泳げた」

まーちゃんが言った、よかったとおれは思った。六年のしらとりにーちゃんが来た、五年の弟のきょうじもいた、この学校で一番の暴れん坊の兄弟だった、しらとりにーちゃんが準備体操もシャワーも消毒槽もすっ飛ばしてプールに飛び込んだ、水しぶきがそこら中に上がった、監視のミウラが笛を吹いた、ミウラは夏休みははじまったばかりなのにもう日に焼けて、いきったサングラスをかけていた、赤い短パンをはいていた、笛を吹かれてもしらとりにーちゃんには関係なかった、

「こら」

ミウラが言った、だけどほとんどあきらめていた、他の子たちは泳ぐのをやめていた、たぶ

んみんないやだなぁと思っていた、しらとり兄弟が来るまではとても静かな時間だったのにと思っていた、おれも少しそう思っていた、まーちゃんがどう思っていたのかは知らない。

まーちゃんは赤牛の真ん前にいた、三人とも黙っていた、赤牛は大きかった、肩は筋肉が盛り上がり、目は充血して、濡れた鼻と口からはよだれがたれていた、

「かっこええなぁ」

たけしが言った、

「おれ大人になったら絶対赤牛になるわ」

「牛になるん」

「なる」

「大人になったら？」

「真似したあかんで」

「おれ馬がええわ」

まーちゃんが言った、

「馬になって走る」

「ほなおれライオン」

おれが言った、

「ライオンやて」

たけしが言って、

「くさいやん」

「くさないわい」

「くさいで動物園のん」

牛だってくさい
「象のが強いで」

まーちゃんが言った、

「象強いん？」

たけしが言った、

「くじらのんが強い」

「くじら海の中やん」

「くじら海の中なん？」

「海の中がくじらやからな」

「ライオンよりハイエナのが強いてテレビで言うてた」

「はいれなて何」

たけしが言った、

「ハイエナや」

「ハイエナて何」

「犬みたいなやつ」

「ライオンとかがつかまえた牛とかとってな、骨まで食べてまうからな、ずる賢いて思われてるけどあいつらがおるから清潔になんねん、ハゲワシとか、ハゲタカちゃうで、ハゲワシ、ハイエナて犬みたいに見えるけどジャコウネコの親戚やでハイエナ」

まーちゃんが言った、たけしは話の全体の意味がわからないから質問もしない、たけしは話が長くなると聞かない、聞かないから野球のルールも覚えられない、おれはときどきたけしのそういうところにいらいらした、そんなだからみんなに
「あほのたけし」

と言われてしまう、おれはたけしはあほちゃうと言いたいけど、だいたいたけしはそんなにみんなが言うほどあほちゃうし、あほやけど、あほやから、言い返せない。

「痛い？」

まーちゃんがおれの右腕を見て言った、おれの右腕にはあざが出来ていた、父にやられた、何日も前、昔だ。

凧
という漢字の外側の底のない箱みたいなのの右側のはしは外へはねるのだけど、おれはなぜかいつも内にはねて書いていた、父がそれを見つけた、

「外へはねんねん」

父の声が不機嫌だとおれは気がついていた、おれがまた内へはねた、しまったと思った、そ

の日はそのずっと前から父の機嫌は悪かった、何で機嫌が悪かったのかは知らない、父はいつもそうだった、気がついたら機嫌が悪い、だいたい悪い、機嫌のいい日なんかたまにしかない、もう一回書いてみた、またやった、おれは緊張していた、だめだと思うと思うことをしてしまう、外や言うとるやろがいと父がおれの顔を叩いた、力の加減を父は間違えた、強すぎた、ゆるく叩いてたらよかった、そしたら爆発しなかったと思う、強くやったから爆発した、ゆるくやったらよかった、叩かない方がそれよりよかった、父はおれの髪をつかみ、突き飛ばして、おれと父が足を入れていたこたつの足をにぎってひっくり返した、帳面や鉛筆やコップや灰皿が飛んだ、そこらで止めるべきだと父は思っていた、あかんあかん、なのに母が止めに入った、母は止めに入るのが下手だ、ちょうどいい加減で父のからだに触っていれば止まっていたかもしれないのに、大きすぎる声で、強すぎる触り方で父の腕をにぎった、父は母を窓へ突き飛ばした、そのいきおいでひっくり返ったこたつを足でふんだ、こたつは音を立ててこわれた、父はこわれたこたつをふんで、ばらばらになったこたつを手にして足で引きちぎり、その棒でおれに殴りかかった、おれは両手で頭をかばった、右手を叩かれた、痛くはなかった、最中は痛くない、だけど一発目は手ですんだけど、次は頭かもしれない、景色がぐるぐるしていた、いつもこうなる、母や妹の顔が見えた、泣いていた。

「空気がつめたーなるよな」

しんじが言った、しんじもよく殴られる、しんじはお母さんによく殴られる、叩くのがお母さんならいいのになとおれはいつも思う、

「なる」

おれが言った、

「つめたなる」

「なんで」

まなぶが言った、

「なんねん」

「ナンデ」

まなぶうるさい、こいつは大人に殴られたりしたことない、

「ナンデ」

頭をやられたら死んでしまうかもしれないからおれは家を飛び出し、階段を走って下りて、外へ出た、ほとぼりがさめた頃、
ほとぼりがさめた頃
という言葉は父が言うのを聞いておれはおぼえた。父は少し前、近くの商店街の串かつ屋でまさるちゃんと二人でやくざとけんかをして、相手に怪我をさせて逃げていた、まさるちゃんは父の弟だ、お母さんの違う子どもが四人いる、どれも赤ちゃんのときしか見たことない、父がいつも行く近くの商店街へ半年ぐらい行こうとしなかったのは、あれは去年かもっと前か忘れた、今年かもしれない、相手が父を探しているかもしれないからで、

「ほとぼりがさめた頃、行く」

と父は言った、おれはほとぼりがさめた頃家に帰ろうと動物園へ向かった。

夜の動物園には何度か入ったことがあった、フェンスをのぼったら簡単に入れた、いつもは入り口から入るから最初に見るのはフラミンゴだったけど夜は違う、ヒグマのおりのすぐ近くから入るから最初に見るのはヒグマだった、ヒグマは昼見るときと同じようにおりの中をうろうろしていた、ヒグマはいつもうろうろしていた、ヒグマの前にはピューマがいた、隣にはとらがいた、とらの横はライオンで、その横にゴリラがいた、ゴリラはとても賢そうな顔をしていた、だけどたまにうんこを投げた、動物園は坂になっていた、上へ行けばキリンやサイやカバや馬やダチョウがいた、それは見てない、ゴリラの前にずっといた、ゴリラも子どもを叩いたりするのかな、叩かれたことがあるのかな。帰るとアパートの前の公園に父がいた、父は先におれを見つけていた、

「手、いけるか」

父が言った、ライオンを見たときぐらいからすごく痛くなっていたから

「いたい」

とおれは言った、家で氷で父が冷やした、お前がやったくせに、とおれは思っていない、冷たいなと思っていた、冷たいし痛いなと思っていた。

2

学校でうえだに
「手ぇどないしたんや」

と聞かれた、突然そう言われたから父にやられたとおれは言った、

「え！」

とうえだは驚いた、うえだは若い男の先生で、ついこの間まで大学生だった先生で、大げさな声をいつも出した、クラスのしんじがある日とら刈りの丸坊主にしてきたときもうえだは、

「しんじ！　頭どした！」

と大きな声を出した、しんじは、

「切られてん」

と普通に言うのだけどうえだは、

「誰に！」

「何で！」

とうるさかった、しんじは何かやって、何もしていなかったかもしれないけどとにかくお母

さんを怒らせて、叩かれて、押さえつけられて、はさみで髪の毛を切られていた、しんじのお母さんは道を歩いていてバイクに乗ったひったくりに肩にかけていたかばんをひったくられかけたけど、

「肩がちぎれてもわたしはかばん離さへん！」

とほんとうに言ったのかどうかは誰も見てないけどそう言ったとみんなに言い、肩が抜けてもかばんを離さず校区で有名になった人だった。

「ひどいなぁ」

うえだは言った、

「それはひどいなぁ」

「うるさいなぁ」

しんじは言った、

「何がや！」

うえだはまた大きな声を出した、

「何がうるさいや！」

と言って少し窓の方を見たりして
「何がうるさいや‼」

とまた言ったうえだは涙を浮かべていた。

「あいつボンボンやからな」

しばちゃんが言った、しばちゃんは将棋が好きだったし強かった、おれは将棋はわからない
からどう強いのかわからなかったけど、同じく将棋の好きなまーちゃんが
「強い」
と言っていたから強いのだろう。しばちゃんはおじいさんとおばあさんと暮らしていた、太
って大きかった、両親はどこにいたのか知らない、しばちゃんは変な歌を変なうたい方でお楽
しみ会でうたった、

たびーゆけばー
するがのくににーちゃのかおり

「なにやぶし」

としばちゃんは言った、

「なにわぶしや」

父に言うと父はそう言った。

「ボンボンやがな」

しばちゃんが言った、まなぶが鼻の頭に落ちて来たメガネを指で上げた、まなぶは太ってい
て、しばちゃんよりはずっと小さい、メガネをかけていた、まなぶは塾に行っていた、塾とは
学習塾のことで、

「べつべん」

とおれたちは言っていた、別の勉強という意味だ、金持ちの家の子が行く、まなぶとこはおれやたけしやまーちゃんやしばちゃんとこより金持ちだ。

音楽室の窓から遠くに煙の上がるのが見えたことがあった、火事や、とみんなが窓に集まった、

「まなぶの家の近くちゃうん」

誰かが言った、まなぶはにやにや笑っていた、サイレンが聞こえて来た、

「火事や鍛冶屋」

「トンカントン」

「鍛冶屋て何」

「しらんの」

「何」

「しらん」

うえだがまなぶを呼びに来てまなぶを連れて出た、みんながだまった、すぐにまなぶが少し小さくなって戻って来て、自分の縦笛とかばんを持って、出て行った、

「かばんに入れたらええのに」

まなぶはそのまま戻って来なかった、次の日まなぶが「うちやった」と言った、

「おー」

とみんなが歓声をあげて、

「燃えた？」

「熱かった？」

「誰か死んだ？」

と聞いた、それにいちいちまなぶは、

「燃えた」

「熱かった」

「死んでない、と思う」

とかとこたえて、いやそうだけど少しうれしそうで、それはヒーローインタビューみたいで、しんじは「ええなぁ」と言った。

「どうしてたん」

とおれが聞くとまなぶは「べつべん行ってた」と言った、まなぶが帰るとお母さんと妹が家のある路地の入り口に立っていて、消防車が何台もとまっていて、消防士が何人もいて、わ火事や、と思って泣きそうになっていたらお母さんに、

「ここにおってもしゃーない、べつべん行ってき」

と言われた、とまなぶは言った。まなぶのお母さんはまなぶによく似ていた、太ってメガネをかけていた、妹もメガネをかけていた、べつべんが終わると家族でまなぶをむかえに来ていて、四人で中華料理屋でご飯を食べて、お父さんが、お父さんがメガネをかけているかどうか

は知らない、見たことない、

「家は燃えたけどみんな元気でよかった」

とか言って、お母さんと妹は泣いたけど、

「べつべん行け」

とお母さんが言ったことが引っかかってたからおれは泣かんかった、とまなぶは言った。

「ガッコーのせんせーなんかみんなボンボンやん」

しばちゃんが机の上にあぐらをかいた、

「女もおるやん」

しんじが言った、しんじはそう言って、はふはふ、と空気を吸い込んで飲み込んだ、

「また空気食べとん」

まなぶが言った、

「女はおじょーさんやん」

しばちゃんが言った、

「男はボンボンで、女はおじょーさんやん」

「空気甘ぃ」

「甘いん？」

「ここの教室の空気はそんなでもないけど、音楽室の空気がいちばん甘ぃ」

「まぁ人間はいつか死ぬからな」

しばちゃんが言った、

「人間はいつか死ぬからなとか言うやつわし嫌いやねん」

と父は言った。

おばちゃんの見舞いに行ったときだった、おばちゃんはがんで顔は青くて黒くて痩せていた、おれと父が入って来るのをおばちゃんは見つけたとたん泣いた、父とおばちゃんが話しはじめたからおれは廊下に出てぶらぶらした、たくさん病室があって、いろんなにおいがした、みんなテンテキをつけていた。車椅子に乗ったおばあさんがおれを手で呼ぶから行くと
「なおちゃんやな」

と言うから、

「ちゃう」

と言うと、

「ちゃうならいね！」

と怒鳴ったからおばちゃんの部屋へ戻りかけたら父の大きな声が聞こえた、入ると父が白い顔をしていた、怒るとああなる、おばちゃんは泣いていた、

「死ぬから言うていばんな！　死ぬんはおのれだけちゃうやろがい！」

と父は怒鳴ってこちらに向かって歩いて来たからおれはあとをついて廊下を歩いた、エレベーターのボタンを叩くように押したけどうまくボタンが押せてなくて▽がつかなかったから父は階段への非常扉を強くあけて階段をおりたからおれもおりた、外へ出て、たばこに火をつけ

て煙を吐き出した父が、

「人間はいつか死ぬからなとか言うやつわし嫌いやねん」

と言って、

「なんどいあいつ」

と舌打ちをして、たばこを吸って、

「お茶飲もや」

とバス停までの途中にあった喫茶店に入ってそこから二、三日しゃべらなくなった。

「何の誰やっけ」

「何」

「しばちゃんうとてたやつ」

「もりのいしまつ」

「もりて森？」

おれが言った、

「そう森」

森
「あれ歌なん」

「なにやぶしや」

なにわ、や。

「ちょっと来い」

とうえだに言われて保健室におれは連れて行かれた、
ボンボン
保健室にはまつだ先生がいた、まつだ先生は机で何かを書いていた、
おじょーさん、

「どしたん」

まつだ先生が言った、

「いや、こいつ、親に叩かれて、手ぇ、ごっつい腫れてるんです」

いちいちうえだの声が大げさだった、おれはいやになっていた、言わなきゃよかったと思っていた、こいつになんか言わなきゃよかった絶対に、まつだ先生は「あら、見せて」とおれの手を見て、

「動かせる？」

と言ったからおれは動かした、動いた、

「痛い？」

まつだ先生が言った、痛いけど「痛ない」とおれは言ってまつだ先生の顔を見た、まつだ先生が困ったような顔で笑っていた、

「うん、でも折れてたらいつまでも痛いから病院でみてもらお」

めんどくさいなとおれは思っていた、全部うえだのせいだった、しかしほんとうは、父のせ

いだった、

「お母さん家おる？」

まつだ先生が言った、

「仕事」

おれが言った、

「そか、まあでも一回病院行こ、先生と」

先生と、とまつだ先生は言ったからまつだ先生と病院へ行くのかと思っていたら一緒に行ったのは教頭先生だった、医者は「だぼく」と言った、折れてなかった、帰り道、教頭先生は、

「お父さんに叩かれてんて？」

と言って来た、うえだだ、あいつ何でもしゃべっとーやん！　もうおれはあいつには何もしゃべらない、

「よーそんなことあるんか」

教頭先生が言った、おれと教頭先生は神社の参道の下の商店街を歩いていた、おれは少し考えて、

「たまに」

と言った、教頭先生は、

「そうかー」

と言った。

子供が学校へ行っている時間の商店街がめずらしかった、おれは商店街の横の飲み屋のある道で教頭先生が若い女のひとと歩いていたのを見た、教頭先生はおれたちには怖かったけど、若い女の先生といるときは笑っていた、すけべ、と聞くとおれはいつも教頭先生の顔を思い出した。

学校に戻るとうえだとまつだ先生が職員室で待っていた、おれは湿布をされて包帯をまかれていた、

「どう？」

まつだ先生が聞いてきた、

「大丈夫」

おれは言った、

「家に何回か電話してるんやけど誰も出んねや」

うえだが言った、仕事してるてさっきまつだ先生に言うたやないかい、聞いてないんかこいつ、あほちゃうか、とおれは思った、

「これな、いっぺんお母さんとお話をな、先生しよ思うんや」

うえだが言った、

「連絡帳お母さんに見せてくれ」

うえだが言った、

一度お話しさせてください

とうえだは書いていた、丸い字だった、子どもみたいな字だった。連絡帳を母に見せた、母は何も言わなかった、妹はテレビを見ていた、うえだが来た、おれは今来るとは思ってなかったからびっくりした、母もびっくりしていた、入って来たうえだは家のせまさにびっくりしていた、三人でびっくりしていた、妹はテレビを見ていた、びっくりしていない。おれの家は部屋が一つしかなかった、アパートはどの部屋も一つしかなかった、まーちゃんの部屋も一つだった、たけしの家だけ部屋を二つ借りていた、母があわてて部屋を片付けた、テレビを消された妹はうえだをじっと見ていた。

「どないして寝てるんや」

うえだが次の日学校で言った、家に来ていたとき言えばいいのに、そうしないところがおれがうえだをいまいち信用しないいくつかの理由の一つだったのだけど、そのことがどうして信用できなくなるのかの説明がおれにはうまく出来なかったけど、どちらにしてもうえだはそんなことわかってなかった。おれは紙に絵を描いた、流しの前に横に母、その母に足を向けて窓際が父、父の頭のところには洋服ダンスがあった、真ん中が妹、はしがおれ、おれの左にテレビがあった、

「びっちりやな」

うえだが言った、

「勉強はどこでしてるんや」

「おぜん」

おれが言った、

「おぜん、ああ、おぜんあったな」

こたつを父がこわしたから次の日母がおぜんを買って来た、

「あれ寝るときどこへしまうんや」

たたんでここ、とおれは描いた絵の妹の足の先の押入れの前に線を入れた。

母がうえだにお茶を出したところまでは見ていた、そのあと何を話したのかは知らない、出て行けと母に言われておれは部屋を出た、妹は母の横にいた、廊下に香水のにおいがしていた、まーちゃんのところに女のひとが来ているなとわかった、おれは息を止めて廊下を走って屋上に出た、まーちゃんがいた、やっぱりそうだった。まーちゃんの家にはよく髪の茶色い女のひとが来ていた、女のひとは香水の匂いがすごくした、おれは喘息だったから、香水の匂いを吸うと少し息が苦しくなった、女のひとが来るとまーちゃんの父親はまーちゃんを外に出したから、まーちゃんは女のひとが来たときはいつも一人で公園か屋上にいた、おれやたけしを呼びに来たりしなかった、まーちゃんはちびの前にいた、ちびは夜店で大きくならないと店のおっさんに言われて妹が欲しくて父と買って来て
「ちび」

と妹が名前をつけたらすごく大きくなった茶色いうさぎだった、ゴミ捨て場で拾って来たプラスチックの青い箱を小屋にして、ひもでつないで屋上で飼っていた、ちびは尻尾がなかった、猫にやられた、

「しろにやられた」

おれが言った、

「しろて誰」

まーちゃんが言った、しろはいつも父がえさをやっている野良猫だった、しろは父が呼ぶと必ず出て来た、アパートの前で呼ぶとアパートの裏から出て来たし、屋上で呼ぶと隣のアパートの屋根伝いに出て来たし、公園で呼ぶと木のかげから出て来た。

二人で屋上の青いさくをあごの下にあてて山を見ていた、病院が見えていた、警察署が見えていた、柔道場が見えていた、上の公園と下の公園が見えていた、おれたちがいつもいたのは下の公園だった、上の公園でもたまに遊んだけど上の公園はじいさんやばあさんが集まっていて、おれたちが遊ぶとうるさいと怒鳴られるからあまり行かなかった、川が見えていた、人間が何人も歩いていた、自転車に乗っているひともいた、車が何台も通った、まーちゃんを見るとまーちゃんは山を見ていたからおれも山へ目玉を戻した、

「とんびや」

とまーちゃんが言った
「とんび飛んどった？」

「見えへんかった？」

「見えへんかった」

「何見とったん？」

「山」

「だからや」

二人でだまっていた、

「あつ」

おれが言った、

「あつ」

まーちゃんが言った、おれたちは屋上の流しにあった水道から水を出して頭を濡らした、

「きもちぃー」

おれが言った、

「きもちぃー」

まーちゃんも言った、

「せみや」

まーちゃんが言った、せみが鳴いていた、それはおれにも聞こえていた、まだこのときは夏休みになってない。


プールから帰ると父がいた、母も妹もいなかった、二人はいつも二人で動いていた、おれはいつも父と二人だった、母のチームにおれも入りたかったのだけど、いつの間にかそう決められていた。

父は釣り道具を出していた、釣りへ行くためにおれを待っていたのだとすぐにわかった、父は立ち上がり麦わら帽子をかぶって出た、おれは父のあとについて出て、アパートの裏にとめてあった自転車の鍵を足で回して外した、自転車は一台しかなかったから、おれが釣りの針やら糸やら仕掛けやら氷の入った箱を持って、後ろの荷台に乗って父にしがみついた、父は竿《さお》の入った袋についたひもをたすき掛けにして、自転車を走らせて、エサ屋に向かった。エサ屋は川の向こうのはげ山の近くにあった、死んだたけしの父親ははげ山の上で働いていた、何をして働いていたのかは知らない、友だちの親の仕事なんかだいたい知らない、自分の親の仕事もよく知らない。はげ山は「山」と言っても土がむき出しになったただの「坂」だったけど、おれたちは「はげ山」と呼んでいた、エサ屋のじいさんは耳が遠かったから父は「マムシくれ」と大きな声を出した、いつもはゴカイなのに。

海までは坂だからどんどん速度は出た、信号で止まらないように道を渡るときは信号のないところを選んで父は道を渡った、上を電車が走るトンネルを抜けて、国道に出て、昔はここを「電車道」と呼んでいた、市電が走っていたからだ、だけど市電が走らなくなって、

「電車道」

て言わなくなって、

「国道」

と言うようになっていた、国道は大きな道路だったからさすがに信号が赤なら父は止まった。高架をくぐって、上を高速道路の走るもう一つの大きな国道に出て、それを渡ったら坂の下に

海が見えた、左の遠くに製鉄所の溶鉱炉が見えて、右に石油タンクが見えた、釣りをするのはいつもは石油タンクの向こう側だけど、その日父はそこでは止まらず、まだ自転車を走らせて、突堤の先へ向かった、大きなトラックがあちこちで走っていた、みんな仕事をしていた、何回かクラクションを鳴らされた、子どもは夏休みだったけど大人は平日だった、日曜日だったらこんなにトラックは走っていない。突堤には黄色や赤や青のコンテナがいくつもあった、キリンと呼んでいた大きなクレーンが何台もあった、赤いペンキのはげた船留めの横に場所を決めて父が自転車をとめた。

海の音だけになった。

荷物を降ろし父が仕掛けを作って、エサをつけて海に投げた、糸をたらすと父はたばこをくわえて黙って遠くを見ていた、たまに奥歯をかむのかこめかみが動いた、父は釣りに来てもしゃべったりしなかった、たいくつだ、おれは釣りが嫌いだ、しゃべらないのなら一人で行けばいいのに父、と思ったけど、父はどこへ行くのにもおれを連れ出した。日曜になると毎週父はおれを連れて馬券を買いに電車に乗って場外へ行った、前の日から熱心に父は競馬新聞を読んで、印をつけたりして、行くまでの間もずっと競馬新聞を見て、たまにおれに舌打ちするくらいでしゃべらず、場外についてもおれは外のいつも決まった電信柱の前に、

「ここから動くなよ」

と立たされて、待っていた。

場外の裏は大きな商店街で、おもちゃ屋や、少し行けば本屋もあったから、そこらで待たせ

てくればいいのに、父は場外の前の電信柱の前におれを立たせた。そこにいるといつも聞こえて来る歌があった、商店街にあった古いカステラ屋でかかっていた歌。父はここで一度、ノミ屋にだまされた、場外には締め切りがあったけど、ノミ屋はスタート直前でも、スタートしてもすぐだったら売ってくれたりしたから、父はたまにノミ屋で馬券を買っていた、それは父より年上の男のひとと女のひとのコンビだった、おれにはおじいさんとおばあさんに見えた。その日、電車が遅れた、場外のある駅に着いたときは、父が買うつもりにしていたレースの締め切りがぎりぎりだった、父は場外へ走った、おれも走った、だけど間に合わなかった。そこへ男のひとが小さな声で父に話しかけて来た、女のひともいた、二人は公衆電話の横にいた、女のひとはおれに笑いかけて来た、男のひとは赤いセーターを着ていた、女のひとはシマウマの絵のついたセーターを着ていた、

「のむよー」

ノミ屋はそう言ったからすぐにノミ屋だとわかった、父がノミ屋を使うときは、場外の真ん前の広い喫茶店を使って馬券を売っていた大きなやくざの組の仕切るノミ屋で買っていたのだけど、そこのノミ屋はコーヒーもただだったし、おれがいるとソーダとかトーストもただで食べさせてくれた、父は時間もないし二人でいいと思った、買うつもりだった番号を口で言って、男のひとがそれを小さな紙に書いて、お金と交換した、そのレースが当たった。

「やった」

と父が大きな声を出したから、たくさん当てたのだとわかった、おれもやったと思った、何

か買ってもらえると思った、帰りはタクシーだと思った、父が急いで公衆電話のところに向かった、男のひとはいなかった、でもシマウマの女のひとはいた、電話をかけていた、父を見て慌てて女のひとは受話器を置いた、父は男のひとにもらっていた小さな紙を胸のポケットから出し、父は馬券はいつも胸のポケットに入れていた、その紙も馬券と同じだ、馬券を買いに来ると気持ちがわさわさしているから決まったところに入れていないとどこに入れたかわからなくなってしまうからだと言っていた、紙を広げて女のひとに見せて、

「入ったぞ」

と言った、

「何」

女のひとが言った、

「うち知らん」

父が驚いて、

「あんたとこから買うたやん」

と言うとまた、

「知らん」

と女のひとは言った。シマウマのセーターは間違えないとおれは思った、うそをついているとおれは思った、父が勝ったから、払い戻すのがいやで女のひとはうそをついていると思った、男のひとは逃げた、女のひとは電話をしていて逃げ遅れた、何人かが立ち止まっておれたちを

見ていた、

「あー、くそ」

父が言った、女のひとが逃げようとした、おれはセーターのすそをつかんだ、

「何やのこの子、離し」

「おばはん、それしてたらここらで二度と商売でけへんぞ」

父が言った、

「何のことやのん、うち知らんし」

女のひとは言った、少しふるえていた、セーターをつかんでいたからわかった、

「せめて買うた分だけでも返せや」

父が言った、この日も父は母と言い合いをして出て来ていた、お金がないのに競馬へ行こうとする父に母が文句を言ったからだ、

「ええから早《は》よ出せや！」

父が怒鳴った、

「あんたら今のん聞いた？」

母がおれと妹に言った、

「クズのせりふやで！」

そうまでして出て来ていたのに父はだまされた。

「なんぼやねん！」

女のひとが大きな声を出した、おれはセーターを離してしまった、

「五千円じゃ！」

父も大きな声を出した、女のひとが何枚かの札をポケットからにぎって出して投げて逃げた、三千円落ちていた、小銭が三十円あった、千九百七十円の損だった、おれは引き算は得意だった、割り算は苦手だった、割り算はわからない、うえだはしつこく教えてくれるけどイラついているのがわかるから悪くて謝りそうになる、一度謝ったら
「謝らんでええからおれの言うこと聞いてくれ」

とか言って、

「なんぼあんねん」

父が言った、

「三千三十円」

五千円払って、戻って来たのが三千三十円だから、いや、勝っていたからもっとだ。

「やられたんか」

知らないおじいさんだった、

「ちゃんと組の店で買わなあかんわ」

おじいさんが言った、おれはそうじゃなくてちゃんと場外で買わないとと思った、だけど電車が遅れたのが悪かった、勝っていたらタクシーだったのにとおれは思ったけどもちろん口には出さなかった、だけどどうして父はせめて買った金だけでもなんて言って、あんなにすぐに

女のひとをゆるしたのだろうとおれは思っていた、うちには金がないのにあきらめが早すぎると思っていた、父はかっこ悪いと思ったのかもしれなかった、だとしたらかっこつけすぎだとおれは思った、父は金がないくせに道にこじきがいるとお金をあげたりした、舌打ちしながらおれにお金を渡して入れて来いと顔で合図した、ないのだからやらなきゃいいのにといつも思ったけど、やらないと、

「あとあじが悪い」

と父は言った、あとあじ、の意味はよくわからなかったけど、いつまでも気になる、という意味だろうということはおれにもわかった、気になる気分はおれはわかった、自分よりかわいそうな人を見るのは確かにいつまでも気になった、まーちゃんがそうだった、まーちゃんにかわいそうと言ったことはなかったけど、女のひとが来たときに一人で屋上や公園にいたりするまーちゃんは、やっぱりかわいそうだとおれは思った、だけど父に叩かれた手を見ていたときのまーちゃんは逆で、まーちゃんはおれのことをかわいそうと思っていた、かわいそうにと思われるのはいやだけど、かわいそうにと思うよりはよかった。

まーちゃんも釣りに誘えばよかった、父と一緒の釣りなんておもしろくないだろうけど、おれがいるし、おれもまーちゃんがいれば父と二人よりは楽しい、次は誘ってみようと思った、夏休みはまだ長い。

空を静かに動くものがあった、前ならすぐに「何やあれ」「何やあれ何やあれ何やあれ」「ＵＦＯや」と大騒ぎをしていた、だけどそれで何度も失敗をしていたから、おれはだまって動く

ものを見ていた。

「音してるやん」

ししどは言った、ししどとちゃんと話したことはなかった、ししどは水道屋の息子で太っていた、ちょっと手や足が当たっただけで「いたいいたい」と大げさに痛がった、あとで見るとほんとうにみみず腫れになったりしていた。おれとししどとあと四人か五人で八幡神社の参道にあった公園にいた、どうしておれが空を見上げたのかはおぼえてない、

「音してたからじぶん上見たんやん」

と言ったのはししどだ、だけどししどがそう言っていただけだ、空を銀がゆっくりと動いていた、最初は形がわからなかった、おれはどきどきしていた、とうとう見てしまったと思っていた、それが真上に来た、飛行機かな、とほんとうを言うとおれは一瞬思った、だけど変だった、そんなところで飛行機を見たことはなかったし、飛行機だとしたら遅い、飛ぶのが、たぶん、飛行機はもっと速い、速かった気がする、そんなに見たことがない、あるけど忘れた、それにそんなところで空をおれは、見上げたりしたことがなかった、それは絶対そう、

「あれ何」

おれは言った、大きな声だったと思う、だからみんなは空を見ずにおれを見た、

「あれ！」

おれは、それ、を指さした、みんながのんびり空を見た、

「どこ」

「あれ！」

「どれ」

「あれ！」

「あれ？　銀の」

「それ！」

「飛行機やん」

ししどが言った、

「飛行機なら音するやん！」

おれが言った、

「してるやん」

「してないやん」

「してるやん」

おれ以外の全員が声をそろえて言った、音が聞こえて来た、

「今聞こえた」

「してたやん、さっきから」

ししどが言った、

「音してたからじぶん上見たんやん」

それは違うとおれは言った、おれは音なんか聞いていないし、空を見たのは、何となくだった、だけどししどは
「おれ見てたもん、音がしてんなぁとおもてたら、たぶんじぶんも、音がしてんなぁておもて、ふぃ、って上見るとこ見てたもん」
そうだった
そう言われて思い出した、ほんとうはみんなが「してるやん」と言ったときに思い出していた、なのにおれは
「聞いてない」
と言った、飛行機の音がしていた、
「聞いてたって」
「聞いてない、聞こえてない」
とおれは言った、ししどは黙っておれの顔を少し見て
「ほなそれでええけど」
と言った、おれはししどを叩いていた、
「何で叩くん！」
ししどが言った、おれもそう思った。
それ、はまだ静かに動いていた、音はどうだ、してない、よく聞いてみた、してなかった、

これは間違いがないとおれは思った、おれは父に言おうと思った、ここへ来てから一言もしゃべっていない父だけど、さすがに、あれ、を見たら黙ってはいられないだろうと思った。

「引いとるやないかい」

父が言った、竿が引いていた、見たこともない引き方だった、がくんと竿が立った、

「あーあーあー」

父が竿をつかもうとして、転んだ、父は地べたにあぐらをかいていた、おれはあわてて竿に飛びつこうとしたが、釣った魚を入れておくびくのひもを足にしばりつけていたので、どうしてそんなことをしていたのかおぼえてない、ああそうだ、びくの黄色いひもが汚れた白い靴によく似合っていたからだ、だからおれはなるべく複雑な巻き方をして、空を見上げたのはそのあとだ、父の横に転んだ、たばこのにおいがした、竿が落ちた、竿にはリールがついていたから、しばらく浮かんで逆さになってゆっくり沈んで行った、

「ぶっさいくなガキやで」

父が言った、ぶっさいく、な、ガキ、おれのことだった、手を叩かれたときのことが頭をいっぱいにした、

「そこのひも貸せ！」

父が怒鳴った、

「白い顔してた」

あとで父が言った、おれは前に立つ、突堤のへりに立つ父を、海へ全身で突き落とした、父

は簡単に海に落ちた、おれに突き飛ばされた瞬間、父は、

「あ」

と声を出した、大きくも小さくもなく、

「あ」

と父は言って海に落ちた。父は海から顔を出していた、何かを考えているような顔をしていた、顔も頭も濡れていた、少しして父は顔を出したまま泳ぎ始めた、おれもそれについて歩いた、空をもう見上げたりはしなかった、父は岸に上がれる場所を探していた、どこか見つかるとおれは思っていた、父もそう思っていた、父が上がって来たらおれがどうなるかをおれは考えたりしなかった。

「あいつ死んだらええのに」

とまーちゃんがお父さんに対して言ったような気がするのはおれが夢でそう言うまーちゃんを見たからだとおれは思っていたけど、もしかしたらほんとうにまーちゃんはそう言っていたかもしれない、だけどまーちゃんがそんなことを言っていた顔をおれは思い出せなかった。

まーちゃんのお父さんはたけしを叩いた、おれとたけしとまーちゃんは公園で遊んでいた、いつもはおとなしいまーちゃんがその日は珍しく大きな声を出してはしゃいでいた、アパートの方から大きな声が聞こえた、見るとまーちゃんの部屋の窓が開いてまーちゃんのお父さんが立っていた、パンツ一丁だった、すぐにお父さんが消えた、まーちゃんはずっと部屋の方を見ていた、下からお父さんが出て来た、そしておれたちのところへ小走りに来て、たけしに「何

で叩くんや！」と怒鳴ってたけしを叩いた、たけしは後ろに倒れた、お父さんはまーちゃんの腕を引き、アパートに入って行った、たけしは鼻血を出していた。

父にその話をおれはした、父は足の爪を切っていた、

「たけしが叩いてるおもたんやろな」

父は言った、だけどたけしは叩いてなんかいなかった、母はたけしの部屋にいた、たけしの母親と話していた、帰って来て母は、たけしの母親が警察に行くと言ったのだけど、子どもたちもいるしそれだけはやめて、ちゃんと何でそんなことをしたのかまーちゃんのお父さんに話を聞こうということになった、と言った、そして「ちょっと聞いて来てーな」と父に言った、父は何も言わずに爪を切り終えて部屋を出て行った。

公園にまーちゃんがいた、もう暗くなっていた、まーちゃんはすべり台の上にいた、おれを見つけると、逃げようとした、だけどすべり台の上にいたから逃げられなかった、おれはすべり台のはしごに足をかけて、何を話そうか考えた、何も思い浮かばなかったから、

「ねずみの骨、見る？」

と言った、

「みる」

とまーちゃんは言った。

アパートから歩いてすぐの大きな家の屋根の下のすき間にねずみが死んでいるのをおれは学校の帰り見つけた、誰にも教えなかった、ねずみの死体がどうなっていくのか見たかったから

だ、ねずみの死体は日に日に縮んだ、しまいには皮だけになった、そしてそれから皮がだんだんなくなって、骨になった、骨になってからは骨のままだった。

「あれ」

おれは背伸びして、指さした、まーちゃんが背伸びしてのぞきこんだ、

「ほんまや」

まーちゃんが言った、

「小さいな」

「ねずみやからな」

「ずっと見てたん？」

「ずっとじゃないけど、毎日見てた」

「へー、すごー」

「猫も見たことあんで、骨になるまでになくなってたけど」

「何で」

「からすが食べたんちゃう」

「からす食べれんねんで」

「うそや」

「おいしいねんて」

「うそや」

「都会のからすはあかんねんて、ゴミ食べてるからくさい」
「どこのからす食べるん」
「山のからす」
「おとんへび食べてた」
「うそやん」
「まむし」
「うそやん」
「捕まえて、口のとこ持って二つにさいて、焼いて食べてた」
「どこで」
「山」
「うそやん」
それから二人で神社まで歩いた、おれはその神社の裏の林で釘の打たれたわら人形を見つけたことがあった、
「うそやん」
まーちゃんが驚いた、
「こわいやつやん」
怖くはなかったとおれは言った、
「どうしたんそれ」

「持って帰った」

引き出しにしまった、

「まだあんの」

「おかんに捨てられた」

帰ると父はテレビで野球を見ていた、まーちゃんのお父さんと何を話したのかわからなかった、母も何も言わなかった、たけしの母親も警察には行かなかった、おれはたけしに
「まーちゃんに変なことすんなよ」

と言った、

「変なことって何」

とたけしは言った、

「叩いたり」

とおれは言った、

「せーへんわ」

たけしが言った。

UFOはもういなくなっていた、父に言う前に父は海に落ちた、見ていたのはおれだけだった、おれはほんとうにそんなものを見ていたのかどうかわからなくなった。ひもがあった、船をつなぐ太いひもだった、黒く汚れていたけど使えそうだった、だけどおれはそれをまたいだ、父は泳いでいたし、きっとどこからか必ず上がって来られるし、ひもは太くて重そうだし、あ

のひもの先に父をつけて引き上げる力はおれにはないし、それよりおれはどうして父を突き落としたりしたのだろうと考え始めていた、父の声がした、おれは父を見た、

「あそこの」

父は泳ぎながら話していたから途切れ途切れになっていてわかりにくかった、

「あそこの」

「先の」

「タイヤの」

「階段」

「タイヤの」

「あるやろ！」

父は怒鳴った、しかしおれから見る景色と父の見る景色は違っていたからおれにはよくわからなかった、少し海に身を乗り出すとタイヤが見えた、あぁあれか、とおれは思った、タイヤには太いひもがついていた、

「船のやつや」

おれから声が出た、

「え！」

父が言った、父は疲れていた、服を着て泳ぐととても疲れるから、父はその上、靴もはいていたからおぼれる寸前だった、あとで父がそう言った、階段があった、階段は海に続いていた、

父がたどり着いた、タイヤにかかっていたひもをつかんで、階段へからだを上げた、びしゃびしゃと水の音がした、父はしばらく階段に座っていた、おれは離れて見ていた。

「どっちや」

父が言った、

「当たったんか」

父が言った、

「押したんか」

父が言った、

「押した」

おれが言った、え、と父が大きな声を出したから、おれはもう一度大きな声で
「押した」

と言った、
家に帰ると父は一人で風呂に行った、いつもはおれも連れて行くのに一人で行った。

その夜、ひろしくんは親戚と寿司を食べた、まーちゃんは一人で本を読んでいた、妹はテレビを見ていた、たけしは赤牛になった夢を見た
公園にたけしがまだいた、たけしの他にも何人も子どもがいた、ラジオ体操が終わったあと

だった、おれは体操をして一度家に帰り朝ごはんを食べて、父はまだ寝ていた、また公園へ出た。テレビで夏休みになると毎朝やっていたまんが映画を見ようかと思ったけど、父がいたので外に出た、父はずっと家にいた、父は仕事を探しにどこかへ行くという感じでもなかった、母は朝ごはんのあと仕事に出かけた、妹も連れて出た。たけしはしゃがんで何かしていた、たけしはうめた缶を探していた、たけしはお菓子の缶に石をためていた、それはいろんなところの石だった、公園のもあったし、神社のもあったし、はげ山のもあった、

「動物園のもあるで」

たけしは言っていた、たけしの母親は
「捨て」

と言った、だからたけしは缶をうめて隠した、なのに、

「ない」

とたけしは言った。たけしの前に木があった、たけしはその木の根元にうめたのだと言った、木は公園で一番大きな木だった、おれはその木の根元にザリガニをうめたことがあった、ハツカネズミもうめた、カブトムシもうめた、クワガタもうめた、猫をうめているのを見たこともあった、隣のアパートに住んでいた女のひとと男のひとだった、女のひとは泣いていた。そのアパートの一階にみゆきちゃんが住んでいた、みゆきちゃんにはまゆみちゃんという妹がいた、みゆきちゃんとまゆみちゃんはまだ夏休みになってそんなに日が経ってないのに日に焼けて真っ黒だった、それはほんとうに真っ黒で、というか茶色で、

「ちゃう人ちゃうん」

とたけしも言うほどで、どこでどう日に焼けたらあんな風になるのかおれは不思議だった。男のひとと女のひとの二人の住んでいた部屋の窓が便所の窓の真ん前にあったからおれは部屋にいた二人を何度も見ていた、女のひとはいつもおちちを丸出しにしていた、男のひとはパンツ一丁だった、その女のひとが泣いていた、服は着ていた、うめて小さな石を乗せるところまでおれは見ていた、男のひとが
「石小さすぎるかな」

と言った、

「もっと大きなやつがええかな、犬が掘るからな」

と言った、

「いや」

と女のひとが言った、

「〇〇ちゃん重たいって泣く」

〇〇ちゃんのとこはよく聞こえなかった、猫の名前だろうとおれは思った、黒猫だった、その木へは散歩する犬が必ずしょんべんをかけた、人間もよくそこでしょんべんをしていた。違う、ザリガニはうめなかった、ザリガニは川へ流した、ザリガニは池で捕まえて来た、たけしもいた、バケツいっぱいおれとたけしはザリガニを捕まえた、それを二人で分けた、持って帰ると母が

「くさいから捨てて来て」

と言ったけどおれは森のおっちゃんにもらった水槽でザリガニを飼った、五匹いて三匹死んで川に流して、二匹のうちの一匹が卵を産んで最初の二匹が死んで川に流して、卵からかえった子ザリガニのうちの二匹が大きくなって死んで川に流したから合計七匹川に流した。

森のおっちゃんは屋上への階段の前の部屋に住んでいた、昼間いつも部屋にいた、いつも酒のにおいがしていた。

「アル中や」

父が言っていた、アル中て何、とおれは聞いた、
酒なしではいられないひと
「人殺したことあんねんて」

「誰が」

「森のおっちゃん」

父に言うと、
と言った、母は、

「へぇ」

「ほんまあ」

と言った。

しまだがいた、しまだをここで見るのははじめてだった、

「遠征や」
しまだは女子の中で一番大きかった、足も男子より速かったし、相撲もけんかも強かった、目がはれていた、
「お前それ目ぇどないしたん」
おれが言った、
「誰にお前てぬかしとんねん」
「ほな何て呼ぶん」
「きみ」
しまだは中学生のお兄さんに目を殴られたのだと言った、しまだのお兄さんが白い背広を着て歩いていたのをおれは見たことがあった、まわりの中学生は黒い学生服だったから、その中を歩く先生かと思ったらしまだのお兄さんだった、頭はほとんど剃り上げられていて、眉毛もなかった、両手をポケットに突っ込んで、たばこをくわえて顔をしかめていた、
「あいつの兄貴は寺のシェパードより怖いからな」
かいざきが言った、
「寺のシェパードめっちゃ怖いやん」
まなぶが言った、
「寺のシェパード怖いよな」
「郵便屋のおっさん顔かまれた」

それより怖いくらいしまだのお兄さんは怖かった、

「あいついつか殺したる」

しまだが言った、

「でも殺したら捕まるからな」

「誰かに殺されたらええねん」

「殺せるやつおるかな」

「大人しか無理やな」

うちは大人やから無理やわ、とおれは言った、誰のこと、としまだが言うから父の話をした、

「そうなんや」

それから海に突き落とした話もした、

「根性あるやん」

しまだが言った、

「あんた子ども生まれたら叩いたりする？」

しないとおれはこたえた、

「何で子どもて出てくるんかな」

しまだが言った、みゆきちゃんとまゆみちゃんが通った、

「お前ら何でそんな黒いねん！」

しまだが言った、ひとにはお前って言う。

「ないなぁ」
たけしが言った、おれはたけしはうめた場所を間違えておぼえていると思っていた、何かの下にうめたけど木じゃないと思っていた、たけしならランドセルを背負って家を出て、その前に便所に行き、おれたちの住んでいたアパートは共同便所だったから便所は廊下の奥にあった、便所に入ってランドセルを窓のところに置いて、しょんべんをして、ランドセルは窓のところにそのままに、ランドセルを背負わずに学校に行って、ランドセルがないと大騒ぎしたり、ランドセルを背負ったまま
「ランドセルがない！」
と大騒ぎしたり、おれの背負うランドセルを
「それおれのランドセルや」
としつこく言い、おれが
「ほなお前の背負ってるランドセルは誰のやねん」
と言うと
「このランドセル？　わからん」
と言ったりした、
「何回ランドセル言うん」
たけしが言った、缶はなかった、たぶんたけしは缶をうめてもなかった。

3

おれは商店街にある本屋でまんがの立ち読みをしていた、斜め前には白い紙に大きな字で、立ち読み禁止、と書かれていた、店の奥にじじいがいた、前まではいくらでも立ち読みできたのに少し前から立ち読み禁止と書いた紙をはって、立ち読みをにらむようになっていた、じじいは前から父や母と一緒のときは

「坊ちゃん何しましょ」

とか言うくせに、おれが一人でいるとにらむだけで話しかけても来なかった、そしてそんなせこい張り紙をするようになっていた、おもちゃ屋のばばあもそうだった、

「優しいおばちゃん」

と母は言っていたがうそだ、母はだまされていた、父や母がいるとおもちゃ屋のばばあは気持ちが悪いぐらい笑いながら近づいて来たから母はだまされていた、ばばあはおれが一人でいると、おれでなくても、一人でなくても子どもだけだと、ちょっとおもちゃに触っただけで

「触らんといて」とすごい不機嫌な顔で言ったりした、たけしなんか、

「叩かれた」

と言っていた。じじいもばばあも子どもを警戒していた、そうなる理由をおれは知っていた、しらとり兄弟だった、二人はほとんど毎日と言っていいくらい商店街で手品のような万引きをしていた、二人が通るとかならず何かがなくなっていた、だけど本屋のじじいもおもちゃ屋のばばあもどこの誰も兄弟が万引きする瞬間を見たことがなかった、それでも一度だけじじいが勇気を出して兄弟に注意をしたことがあった、じじいは絶対に二人が万引きをしたという自信があった、しらとり兄弟が来る直前に数を数えてつんでいたまんがが一冊なくなっていたからだった、二人が来るまでは絶対に七冊あった、なのに二人が来たら六冊になっていた、きょうじがかばんを肩に下げていた、にーちゃんは何も持ってなかった、二人の持ち物はそれだけだった、かばんを見せろとじじいは言った、きょうじは見せた、にーちゃんは笑っていた、かばんには縦笛と消しゴムとカッターと紙くずが二つ入っていただけだった、まんがはなかった、服のどこを探してもなかった、兄弟は山で捕まえて来たいのししみたいに店で暴れた、じじいはびっくりしてしまってショックで熱を出した、商店街中でその話を二ヶ月はしていた、だからみんな知っていた。

兄弟には中学生も遠巻きにしていた、とくにしらとりにーちゃんにはそうだった、しらとりにーちゃんにはいつもきょうじが付いていたけど、ねずっちがいることもあった、ねずっちは中二だった、にーちゃんは六年だった、きょうじは五年だった。きょうじとねずっちが公園でけんかするのをおれはたけしと見ていた、公園へは兄弟とねずっちと三人で来た、おれとたけしは砂場で泥団子を作っていた、少し前までひろしくんもいた、ひろしくんは泥団子作りの名人だった、ひろしくんの作った泥団子が割れるのをおれは見たことがなかった、石を入れたりいんちきもしてないのに、ひろしくんの泥団子は石みたいに固かった、その秘密を教えてもらおうと一緒に作っていたのだけど、おれやたけしと同じようにひろしくんは作っていた、なのに固さが全然違った、何が違うのかわからなかった、ひろしくんの泥団子におれたちの泥団子は割られ続けた。

三人が砂場に向かって歩いて来た、きょうじがおれたちを見て、

「どけや」

と言ったのでおれたちはどいた、その日作った七個の泥団子を抱えてだったからゆっくりどいた、

「泥団子か」

にーちゃんが言った、

「貸してみ」

にーちゃんがおれの泥団子を一つ手にとって落としたら割れた、

「やらこいのぉ」

にーちゃんが言った、おれは、

「何すんねん」

とは言わずに、

「うん」

と言った、たけしがおれを見ていたけどおれはたけしを見なかった。

「どこでする」

にーちゃんがねずっちに言った、けんかだとすぐにわかった、たけしがニヤッと笑った、だけどまだねずっちと二人のどちらがやるのかわからなかった、ねずっちは砂場と砂場の奥のベンチの前を何回か見て砂場の奥を指さした、

「ええか」

にーちゃんがきょうじに聞いた、

「どこでも一緒じゃ」

きょうじが言った、ねずっち対きょうじだとわかった、

「あれでねずっち、きょうじにしばかれる、おもた」

あとでたけしが言った、

「何で」

おれが聞いた、

「どこでするって勝ちそうなやつに聞かへんやん」

たけしはときどきかしこかった、だからあほちゃうねん。

二人が向かい合った、頭一つ分くらいきょうじの方が小さかった、きょうじは腰を落として構えたからもっと小さくなった、そしてねずっちの胴体に突っ込んでそのまま倒した、ねずっちは簡単に倒れた、倒されるとは思ってなかったのかもしれない、胸ぐらをつかんだりするの

かと思っていたのかもしれない、ねずっちはなめていたのかもしれない、きょうじは倒したねずっちに馬乗りになってぼかぼか殴った、ねずっちは両手で顔を守るだけで何も出来なかった、疲れてきたのかきょうじのパンチがへった、今度はねずっちかと見ていたら、きょうじは顔を守るねずっちの手の間をねらってパンチを当てはじめた、きょうじがねずっちの左腕をおさえた、ねずっちは右手で必死に顔をかばった、顔の左を叩くと見せかけて右を叩いたり、右を叩くと見せかけて左を叩いたりきょうじはした、

あんなやつには勝てない

あれよりにーちゃんは百倍強い、ねずっちの鼻から血が出た、

「まいったまいった」

ねずっちが言った、きょうじがにーちゃんを見た、にーちゃんがうなずいた、のは見てない、きょうじが立った、ねずっちは寝たままでいた、

「泣いてんのかおもた」

たけしが言った、泣いてはなかった、でもねずっちはにーちゃんにも負けて、それは見てない、きょうじにも負けて、二人の下になった、もちろんおれたちよりは上だった、おれたちというのはおれとたけしで、だけどおれは三年だしたけしは二年だったから、そんなガキの上になってもねずっちはうれしくないし、六年と五年のガキの下になった中二のねずっちは全然うれしくなかった、というより悲しかったはずだ、おれはねずっちの気持ちを考えるとその晩寝られなくなった、たぶん中学でも、

「何やお前、ガキの下か」

と絶対言われるし、そう言われたら悔しかっただろうし、五年のきょうじにあっという間にやられるのをおれたちにも見られていたし、最悪だろうなと思った。ねずっちはしらとり兄弟みたいなやつらに会わなかったらよかった、だけど普通は小学校と中学校は全然別のものだったから、混ぜてその中で誰が強いとか誰も言わないのにどうしてねずっちはしらとり兄弟とそんなことになってしまったのかというと、それはねずっちが悪かった、しらとりにーちゃんに先にからんだのはねずっちだった。

「何いきっとんねん」

とゲームセンターにいたしらとりにーちゃんにねずっちはからんでしまった、らしい、からまなければこんなことにはならなかった、注意した本屋のじじいは熱を出しただけですんだけどねずっちはもっとひどいことになった。

「なんぼ強い言うてももっと強いやつおるからな」

しばちゃんは大人みたいな顔をして言った、注射のときもみんなは怖い痛いと言うのに
「注射は痛いわい」

とみんなとは少し違うことを言う。

「しらとりにーちゃんより強いやつおるかな」

まなぶが言った、

「しまだの兄貴がおる」

しばちゃんが言った、だけどあれは別だとまなぶが言った、
「あんなん混ぜたら変になる」
確かにしまだのお兄さんは別な気がした、プロな気がした、
「中学の体育の先生しばいたらしいで」
「やくざは」
「やくざは素手でやらへんからな」
「そうなん」
「ドスとか持つやん」
「どすっ」
「どすて何」
「刀」
「かたなどす」
「じゅんちゃん刀持ってるらしいで」
じゅんちゃんというのは神社の裏に住んでいた若い男のひとで、近くのチンピラのボスだった、
「じゅんちゃん大人やん」
「大人やけどやくざちゃうやん」
「中学なったら大人とか関係ないで」

「ねずっちー」

「やらへんかな」

「やんねやったら絶対見に行くわ」

「阪神巨人より客入んで」

まなぶが言った、

「まなぶお前掃除当番ちゃうんか」

しまだがいた、

「うんわかっとー」

まなぶがあわてて掃除に戻った。

じじいがはたきを手に立って本棚をはたきはじめた、嫌がらせだとわかったけど、わかったからこそ無視して立ち読みを続けていた、終わりまであと少しだった、突然字が多くなった、字は吹き出しの中じゃなくて、外に書かれた説明の文だった、苦手なやつだったけど読み飛ばしてしまったら中身がわからなくなるから苦手でも読まなくてはならなかった、でもその、ならない、というのが面倒くさい。めんどくさ、読むのをやめようかと思ったけど今やめたらじじいに負けたみたいだったからおれは説明の文をゆっくり読んだ、読めない漢字があった、手もまだ痛かった、右の靴の先に十円玉が落ちていた、拾おうと思う前に拾った、あとで線路に置いて大きくしようと思った、十円玉は線路に置いて電車を通過させると薄くなって大きくなった。じじいが近くに来た、おれは説明の字を読まなければならないのにじじいが気になった、集中してなかった、風の字を内にはねて父に叩かれたときもおれは集中してなかった、外へはねなければ外へはねなければ怒られると思いすぎて、別のことを考えていた、おれはヤシの木のことを考えていた、砂浜にヤシの木がある、ヤシの木なんか知らないのにおれはヤシの木のことを考えていた、じじいと目があった、

「ええ加減にせんかい」

じじいが言って、立ち読み禁止の紙を叩いた、立ったじじいは大きかった、いつもは店の奥の台の後ろに座っていたからわからなかった、

「本読みたかったら買え」

じじいが言った、おれは本をじじいに投げて、

「うるさいじじい死ねダボ」

と言って走って店を出た、出てから「死ね」は言い過ぎたなと思った、ほんとうに「死ね」と思っていたわけじゃない。

大きな誰かにぶつかった、大人の女のひとだった、おれは女のひとを知っていた、いつも汚れた人形を抱くか乳母車に乗せて歩いていたひとだった、たけしが一度その人形を後ろから走って行って引っ張って落としてけったことがあった、おれはたけしと商店街の下の道を歩いていた、車道の向こうに黒い校舎の小学校が見えていた、おれたちの通う小学校じゃなかった、黒いのは、

「戦争中にな」

と母は言った、

「壁を黒に塗ってたんや、敵から見つからんように」

てき

母はその小学校に通っていた、母が子どものとき戦争があった、たくさんの人が死んだと母は言った、

「何人？　百人くらい？」

「もっとや」

母が言った、

「もっとよーけ」

おれたちは車道を渡り、黒い小学校を左に見て、小学校の下の公園に出た、知らない子どもが三人いた、黒い小学校の子だと思った、女のひとが木の近くに人形といた、たけしは最初から女のひとをじっと見ていた、おれはしばらく気がつかなかった、知らない子どもは小さい男の子と、おれと同級生ぐらいの女の子が二人だった、砂場で遊んでいた、おれが女のひとに気がついた、小さな声で歌っていた、たぶん人形に歌っていた、たけしがゆっくりと女のひとに向かって歩き出した、何をするのだろう、たけしは急に走り出し女のひとが抱えていた人形を引っ張った、人形が落ちた、落ちた人形をたけしはけった、人形は飛んで木に当たった、女のひとが大きな声を出した、女のひとは大きな声を出しながら人形を拾い上げて公園から出て行った、子どもたちがおれとたけしを見ていた、その日の夕方、たけしは車にはねられた、アパ

ートの前の道を左に少し行った橋を渡ってすぐの車道ではねられた、たけしがそこで車にはねられたのは三回目だった。

女のひとはびっくりした顔でおれを見下ろしていた、女のひとはおれをおぼえてなかった、何か言った、よく聞こえなかった、人形を抱いていた、

「びっくりしたねー」

と人形に話しかけながらなでた、人形と思っていたけどほんとうの子供じゃないかと人形を見たらやっぱり人形だった。

パチンコ屋の戸が開いてパチンコの音と店の中で鳴っていた音楽が聞こえて戸が閉まって音が消えた。

女のひとはいなくなっていた、アーケードの屋根に穴があいていた、空が見えた、晴れていた、鳥がいた、鳩でもからすでもなかった、すずめでもなかった、何の鳥だろうとおれは見ていた、

「ろいえ」

声がして見るととらやんがいた。

とらやんはからだがねじれていた、ねじれたからだで商店街の店の名前を書いた紙をはりつけた、その日は何とか酒店と書いていた、棒につけた板を両手で抱えて歩いていた、サンドイッチマンと言うのだと父に聞いた、

「ろいえ」

とらやんがまた言った、どいて、と言っていた、おれはどいた、とらやんは休みの日は映画館に一日いた、商店街には映画館が二つあった、前は三つあった、なくなった映画館でおれははじめて映画を見た、子どもが海で小さなサメを見つけて大きくする話だった、映画の子どもはパンツだけはいて上はいつも裸だった、父と見た、

「大きなテレビやなぁ！　言うて映画館入るなり大きな声で」

「誰が」

「お前や」

父が言った、おぼえてない、思い出した、そこで見た、ヤシの木、映画の子どもがすんでいた島にはヤシの木がたくさんあった、ヤシの木だと教えてくれたのは父だ、そこは南の島で年中夏だとも教えてくれた、そのときはおれは子どもだったから、年中夏の意味がよくわかってなかった、年中夏ということは年中夏休みだということで、ずっと泳いでいられるということだ、服も着なくていいし鍋も食べなくていい、夕方、鍋のにおいがするとがっかりする、大人はいつも鍋を食べる、酒を飲む、ばくちをしてたばこを吸う、子どもを叩く。

まーちゃんが女のひとと歩いていた、まーちゃんは笑っていた、女のひとも笑っていた、女のひとはとても背が低かった、まーちゃんはおれに気がつかなかった。

「お母さんちゃうん」

ひろしくんが言った、

「何」

ひろしくんのお母さんが台所から顔を出した、

「え」

とひろしくんが言った、

「呼んだ？」

とお母さんが言った、

「呼んでない」

とひろしくんが言った、ひろしくんの家の台所は台所というより台所のある部屋だった、うちより広い。


とらやんは映画館にいるとき、たくさんのお菓子を自分の両側に置いて食べながら見ていた、一度とらやんと映画館で一緒になったことがあった、空手の映画だった、おれははじめて一人で映画館に行って、その映画を見た、学校のみんなは見ていた、みんな真似をして遊んでいた、だから見たいと思っていた、父を誘って見たのだけどええわと言ったので一人で見に行った、画面の横に縦に字が出ていた、男のひとが変な声を出しながらものすごい速さで敵をけったり叩いたりしていた。

「空手ちゃう、カンフーや」

まなぶが言った、

「カンフーちゃうカンフーや」

しばちゃんが言った、まなぶはカンよりフーを高く大きく言っていた、
「カンフーやん、おうてるやん」
「もっかい言うてみ」
「カンフー」
「それやったら、まんじゅー、やん」
しばちゃんが、じゅー、を大げさに高く大きく言った、
「何やまんじゅーて」
「あんこ入ってるやつ」
「まんじゅー、ちゃうねん、カンフー」
しばちゃんは、カン、より、フー、を下げて言った、
「カンフー」
「シャンプー、やな」
しんじが言った、
「そうそう、シャンプー、その言い方で言うてみ」
「シャンプー」
「シャンプーちゃう、カンフーて言うてみ言うとんねん」
「カンフー」
「ちゃうって、それ、まんじゅーの言い方やん、おれの言うてんのはカンフー、シャンプーの

言い方で」

「シャンプー」

「シャンプーちゃう言うとんねん！　カンフーや言うとんねん！」

「何で怒るん」

「われが何回言うてもシャンプーて言うからじゃ！」

「シャンプーて言えて言うたやろ！」

「ブルー、スリー」

「もっかい言うて」

「ブルー、スリー」

「ブルース、リーじゃ！」

うえだが顔を出した、

「せんせー、ブルース、リー知っとぉ？」

「何リー？」

「ブルース、リー」

「人の名前か」

「え、え、え、そうですけど」

しんじが言った、

「知らん」

「えー」

「誰や」

「知らんの?!」

「ビビアンリーなら知ってるで」

何を言ったのかわからなかったから誰も何も言わなかった。

「ヌンチャク作ったでおれ」

しんじが言った、ヌンチャクはブルースリーが映画の中で使っていた武器で三十センチぐらいの鉄の棒みたいなのが二本、鎖でつながれていた、

「うそやん!」

おれとまなぶとしばちゃんが言った、

「うそやん!」

あとでおれが作ったヌンチャクを見てたけしも言った、おれはしんじに作り方を教えてもらった、学校の近くの水道屋の裏にねずみ色のたぶんプラスチックの細いパイプがたくさん落ちていて、それを拾って来て、三十センチくらいに切って、きりで穴を空けてひもを通すだけだったから簡単だった。四日ぐらいしたらみんなが作って持っていた、一番早く上手に使えたのはしんじだった、しんじはパイプをマジックで黒く塗ってもいた、しんじはけり方もブルースリーに似ていた、顔も少し似てきていた、うらやましいと思った。

とらやんはあんまりちゃんと映画を見てなかった、見ずにお菓子ばかり食べていた、外人が

話している場面になったので、よく外人が話している場面になった、おれはとらやんの後ろの席にうつって、とらやんに
「お菓子ちょーだい」
と言ったら
「あやーん」
と大きな声でとらやんが言ったから、少し離れた席で足を前の席の背もたれに乗せた男のひとが、ガン、と背もたれをけった。映画館はやくざの人がいつも来ていた、前父と来たときは、というか父としか来たことはなかったけど、そのときはやくざ映画だったから、客席はもっとやくざの人ばっかりで、父はやくざとけんかをしてしばらく商店街に行かなかったときのあとだったので、少しまわりを見たりしていた。
映画を見た日からおれはブルースリーのことばかり考えていた、おれは作文にも書いた、題は「ブルースリーになりたい」だった。

ぼくは大人になったらブルースリーになる

なぜかというと

ブルースリーは大きいてきもたおします

手や足がすごくはやくうごきます
それはカンフーを使うからです
ぼくもカンフーをします
今はしてないいつかする
ブルースリーになるからです
ブルース、リーです、
ブルー、スリーはまちがいです
うえだがそれを見て、
「行あけすぎ」
「これ見てみ、紙真っ白やがな」

「原稿用紙うめたらええておもてるやろ」

「これは作文いうより詩やな」

「詩でもないな」

「けどお前、ブルースリーにはなられへんぞ」

「みたいにならなれても、ブルースリーにはなられへん」

と言った、

「ブルースリー知らんのに何でわかんねん」

腹が立っておれは言った、

「お前はお前や、リーにはなられへん、リーみたいにならなれるかもしれんけどリーは無理や、お前がおれにになられへんのと一緒でお前はリーにはなられへん」

「お前になんかなりたないわ！」

「先生にお前て何や！」

廊下の突き当たりの水道のところで泣いていたらたけしがいた、

「何泣いとん」

たけしが言った、

「うるさい」

おれは言った、たけしは眼帯をしていた、たけしは前の日からめばちこが出来ていた、

「眼帯きたないて言われた」

「誰に」

「先生に」

確かにたけしの眼帯は何でか知らないけど茶色く汚れていた、

「がっこーのせんこーなんかみんなそんなんじゃダボ」

おれが言った、

「疲れるわ」

たけしが言った。

夜になってもまーちゃんは帰って来なかった、茶色い髪の毛の香水の女のひとが朝までいた。

4

馬の絵を描いていた、おれは馬が好きだ、小さなときから馬をよく見ていたからだ、テレビでだ、競馬のだ。父は競馬が好きだ、パチンコも好きだ、サイコロはよく家でもやっていた、おれを相手にカブもよくやっていた、おれはお年玉を全部取られた、カブでやられた、とくにカブでやられた、そのとき父は七か八か九しか出さなかった、インチキをしているみたいだったけどインチキはさすがにしていない、それは父の様子でわかった、父は本気で喜んでいた。

「ほれおいちょ！」

「ギリギリ、ほれ、なきや！」

「カブじゃ！」

なきは七で、おいちょは八で、カブは九だ、九、カブ、が一番強い、十はブタだ、足して十は一の位がゼロということで一番弱い、一番弱いのをブタと言うのはぶたに悪い。

子どものお年玉をばくちで取って、ひろしくんの親なら、うそや、とあとで返してくれるらしいけどうちは返してなんかくれない、

「うそやん」

「ばくちやからな」
「でもやろ言うたんお父さんなんちゃうん？」
ひろしくんは言った。
「けどやる言うたんお前やろ」
父は言った。
おれは父とは一回どこかで勝負しないとなと思っている、おれが大きくなったとき、父と同じくらいになったとき、父は「ちび」といわれていたらしいから背はそんなに大きくないから、中学になればたぶん追いつく、そのとき一回だけ、一回だけ勝負する、たぶん絶対勝つ、おれはもう中学だ、負けるはずがない、だけど勝つから一回だけだ、何度もやるといじめだ、だけど父は何度もやっている、おれは何度も殴られたし、けられてはない、けられてはいない、けりはむつかしいからだ、誰もブルースリーのようにはけれない、ブルースリーほどじゃなくても、カンフーか空手かキックボクシングをやっているやつじゃないとけりは出せない、けんかでうまくけるやつはきょうじだけだ、おれはきょうじが自分より大きいやつのあごをけるのを見たことがある、ねずっちじゃない、どこかよその小学校の六年のでかいやつだった、そいつは六ひとで、
ひと
さっきも言うた
うつっとー

なおらへん、しんじが言い出した、
「ひとやん」
「だから人《にん》やん」
「ひとやん」
「ひとやけど人《にん》やん」
「人《じん》やん」
「アメリカ人」
しばちゃんが言った、
「アメリカひとや」
「人《じん》やん」
「六ひととか変やん」
「一、二、三」
しんじはプールにいる子どもを数えた、
「四五六七八九十」
で指を一つおって、
「一二、三四五六七、八、九十」
またもう一つ指をおって
「一、二」

と数え終わって、

「二十二ひと」

「人《じん》やん！」

「人《にん》やん！」

六ひと、でおれの小学校の近くまで遠征して来ていた。全員六年だったとあとで聞いた、しらとりにーちゃんを呼べと言っていると誰かが聞いて来て、それが広がり、教室にまだいたおれやまなぶやしんじやしばちゃんやかいざきや、ししどもいた、みんなで走って校門へ、

「こーもん」

へ行った、しらとり兄弟はもういた、きょうじがニヤニヤ笑って、

「死んでも知らんぞ」

「誰が死ぬんじゃ」

「お前じゃ」

と前にいた大きなやつのあごを下からけり上げた、

「もう一発顔けったれ」

しらとりにーちゃんが言った、きょうじは今度は回しげりででかいやつのほっぺたの下をけった、それはちょっとブルースリーのようで、というか絶対にきょうじはブルースリーを見ていたし意識していたし、おれやしんじよりもブルースリーっぽかったし、ていうか
きょうじは絶対何かやってる！

カンフーかどうかはわからんけど！
やとしたらインチキやん！
相手は倒れたりはしなかったけど、ぎゅっと横を向いてびっくりしてほっぺたを触っていた、
にーちゃんが、おれたちはもしかしたらはじめてにーちゃんが本気で手を出すのを見ていた、
にーちゃんが、近くにいたやつの頭を片手でかかえて、飛んで、ひざげりをした、一発で鼻血が出た、
すご
いけど、あれもなんかやってる！
インチキやん！
勝負はついていた、向こうは全員びびっていた、ミウラが来た、みんな逃げた。
父はいない、朝はいた、昼飯を食べて、母と妹は母の仕事に行った、パチンコに行っている、先週競馬で勝ったからその金で行っている、店もわかる、行けばいる。
絵はできていない、首まで描いた、馬は足がむつかしい、立っているだけならそんなにむつかしくない、だけど描きたいのは足だ、走っているところを描きたい、たけしにすごいと言わせたいというのもある、だけどたけしはおれの描いた馬の顔を見ても
「いぬ？」
とか言う、鼻がぜんぜんちゃうやん、とか言っても、おれをじっと見る、犬の鼻を描いて、

馬の鼻を描く
「ちゃうやろ」
「猫は」
猫の鼻を描く
「からすは」
からすは、わからない、くちばしにあるのかな、くちばしの上かな。
今日はたけしもいない、まーちゃんもいない。

昨日の夜喘息が出た、母がずっと背中をさすってくれた、途中で何度もうたた寝をして手が止まった、父はうるさそうにおれに背中を向けたりした、やはり絶対どこかで一度やってやる、妹は起きもしない。

便所に行くと森のおっちゃんがいた、いつもと違った、何というか、顔が、顔の色が、明るい、

「おう」

と言った声もいつもと違う、

「あれから寝れたか」

昨夜、おれは母はうたた寝するし、悪いし、父は舌打ちをするし、悪いし、だから便所へ行こうと立つと、母は、は、と起きて、

「便所」

と言うと、うん、と言って寝たから部屋を出た。

屋上へ上がる階段の横に小さな窓がある、その横に座っていた、森のおっちゃんの部屋は真ん前だ、窓をあけて空を見ていた、隣のアパートの屋根が斜めにあって、その上に空は見えた。星は出ていなかった、音がした、森のおっちゃんだった、

「喘息か」

何度もここでこうしているとき森のおっちゃんに会っていた、おっちゃんは酔っていた、便所へ行って戻ってきて、

「水飲むか」

と言った、酒のにおいがした、少し苦しくなった、首をふった、森のおっちゃんは部屋へ入った、電気がついて、水道の音がして、水を持ってきてくれるのかなと思っていたら電気が消えた。

森のおっちゃんはとてもゆっくり手を洗っていた、おれの小便が終わるまで手を洗っていた、酒のにおいがしない、はじめてかもしれない、森のおっちゃんは何も言わずに部屋へ帰った。

足を描く気がなくなった、テレビをつけた、心霊のやつだ、これは前にどこかで見たやつだ、前のときは殺された女のひとって言っていたのにこれは自殺した女のひとって言ってる、妹はこういうの好きだからいたら絶対に見る、幽霊はこわくないとしんじが言っていた、しんじは
「よく見る」

と言っていた、最初しんじがそう言ったときはびっくりしたけど、しんじがよく見るという
ことが普通になったから今はもうびっくりしない、テレビを消した。

パチンコ屋に父はいた、たばこをくわえてパチンコ台を見ていた、玉を見ているのだけど一個ずつを見ているわけじゃないから目を動かしたりはしない、あれがおれの父だとおれは思いながら見ていた、右の鏡におれがうつっていた、それを見た、あれはおれだ、息子、父はあれ、父親、父を見るとおれは見えなくなる、おれを見ると父は見えなくなる、父がここに来たらどっちも鏡にうつるから見える、そうやっておれと父をおれは見たことがない、うちは四ひと家族だけど四ひとでうつった写真がない、だから誰かに何ひと家族かと聞かれたら、三ひと家族、とこたえそうになる、

ひと
て言うの面倒くさくなってきた、三ひと家族にはおれはいない、父と母と妹だ、おれに見えているのはそうだ、三人はいつも三人だ、だけどうちは

四ひと家族

だ、あれが父、そこのそいつがおれだ、じっとしている、おれが動くとそいつも動く、口をあけるとあける、少しおくれている気がする、ほんの少し、パチンコ屋の男のひと、店員が、おれを見ていた、無視して父をまた見た、おれを見た、二ひとは親子だ、あと母と妹がいる、店員はいない。

白い首のところがのびたシャツ、黄土色のズボン、ぺらぺらの、あんなぺらぺらなのに、父はあれを好きではいている、おれが好きなのは今はいているねずみ色の半ズボンだ、おれはこれを十一月まではは く、十二月はさすがに寒いからはかない、父はズボンにアイロンかける、アイロンをかけるのはだいたい母だけど父は自分でもする、シャツは適当だ、あんなのが何枚かある、ねずみ色の野球帽みたいな、だけど野球帽よりは四角いやつをかぶっている、かぶっているというより頭に乗せている、父は帽子をまっすぐにかぶらない、入れ墨はない。

父がぱっとこちらを向いた、そして手でおれを呼んだ、

どうして今父はぱっと見たのかな

父はみけんにしわをよせたまま玉の詰まった箱、大きなやつだ、を手で指した、やったとおれは思った、いいときに来た、これは喫茶店で何か食べさせてもらえるやつだ、そこらにいろ、と父が手で合図した、おれはうなずいて店の中をうろうろし出した、店の床にはいくつも玉が落ちている、おれはパチンコ屋へ来たらいつもそれをひろう、父にあげたり、自分で持って帰ったりする、部屋の、家の、小さな机の引き出しにはたくさんパチンコ玉が入っている、いつかのためにためている、

「いつかっていつ」

たけしが言った、

「鼻の穴に入れれんで」

おれはパチンコ玉を一つずつ二つの鼻の穴の中に入れた、痛い、

「おれもやる。二個やる」

たけしは一つの鼻の穴の中に二つ入れようとして、一つが奥に押されて「痛い」と言ったけど、

「押せ」

とおれが言ったので押してたら鼻血が出た。


かき氷をおれは食べていた、父はスイカにかき氷が乗ったのを食べていた、氷スイカ、店は商店街にあった、パチンコ屋も商店街にあった、商店街にはパチンコ屋も喫茶店も他にいくつもあった。父は半分残してたばこを吸っていた、食べないのなら食べたいがおれが食べていたかき氷、いちご、がまだ半分以上残っている、早く食べてあれも食べなきゃと思ってあわてて食べたら頭が痛くなった、父が水の入ったコップをあごで指した、水を飲んだ、すぐに痛みはおさまった、さすがに父は何でもよく知っている、

「あれあいつかお前の好きな」

テレビに女の歌手がうつっていた、

「ちゃう」

テレビに出てくる歌手の見分けは父はつかない。

二ひとでこうしていても父はしゃべらない、母ならしゃべる、母といるときのが楽しい、とだけど父には言えない、母にも言わない、母はいい、楽しいと言われている方だから、父が少

しかわいそうだ、しかしその父に叩かれるおれがたぶん一番かわいそうだ、とはおれは思っていない。

ガランガラン、戸にベルがついている、戸が開いて誰か入ってきた、大きな声で、

「あっついのー、キーラークートンカイ」

と言った、
クーラー、効いとんかい
を言い間違えたのだとわかったからおれはかき氷を吐いた、うける、トシだった。

「テルやないけ」

トシは赤い花の絵のついた白い半袖シャツに白いズボンをはいていた、半袖のシャツから出た腕には入れ墨が見えていて、それは花で、何の花か前に聞いたけど忘れた、左の手首には腕時計の入れ墨があった、もう消す、と言っていたけどまだ消してない。父には三ひとの兄弟がいる、一番上がカズ、おばあちゃんと住んでいる、おじいちゃんもいる、とても優しい、絵がとてもうまい、手品もうまい、怒ったときを見たことがない、しゃべり方が父たちと違う、お金持ちのひとにおれには見えた、けどそれはおじいちゃんじゃない、と知ったのは最近だ、先月だ、

「あれお前のおじんちゃうど」

カズかトシか父かが言った、まさるちゃんじゃない、
え、じゃあ誰

「他人の知らんおっさんや」

おばあちゃんの、彼氏、だと母があとで教えてくれた、カズの次がトシ、三番目が父で、一番下がまさるちゃん。

「あっついのー」

トシが座っておれの水を飲んだ、

「いちごか」

おれのかき氷のことだ、

「わしみぞれや、みぞれくれ」

トシは店のひとにいつもえらそうだ、おれはそれがすごく嫌だ、父はていねいだ、

「おくれ」

をつける、

「きつね、おくれ」

「木《こ》の葉丼おくれ」

おれは子どもだから、

「ぼく、カツ丼」

とか言う、

「ぼく」

てつける、

「ください」

は少しまだ大人くさぃ。

「何しとってん」

「パチンコ」

父がこたえないからおれがこたえた、

「ええおっさんが昼間からパチンコかぃ」

父は何も言わない、

「われもほんま、ええ加減仕事せなあかんどガキもおんねんさかい」

ガキ、おれのことだ、妹のことでもある、父のみけんにしわがよった、

「ここ」

母がおれの目の間の少し上を指でさした、

「あんたここにしわよせるクセあんで最近、感じ悪いからやめとき」

トシはパチンコで大きく勝った話をしていた、

「出て出て止まらへん」

「機械こわれとんちゃうかおもてお前、店のやつ呼んだら、大将これこわれてんのとちゃいまんで大当たりしてまんねんでいうて」

「しばらくここらで話題や、トシの大爆発いうて」

「こないだのレースもお前、お前どれ買《こ》うたんや」

「なぁ」

父は消したたばこをのばしている、また吸う気だ
「本命や」

やっと父がしゃべった、

「これ吸えや」

トシがたばこを投げた、

「あの本命はないわい、あなもんどれ印つけてええかわからへんから泣く泣くつけとぉ二重丸やないかい、あなときこそ三角や黒三角いっとかんかい、わし黒三角一本や、よーついたやろあれ」

トシはいつもこうだ、父をバカにする、父がいないと
「お前とこのおやじは」

と頭の横で指を回して「やからな」とか言う、言うけど、

「わしテルが一番すっきゃけどの」

とか言う、何の一番かは知らない。

妹はトシがこわい、母もそう言う、おれはトシはこわくない、父はときどき「嫌いじゃ」て言うけどおれはトシを嫌いじゃない、だけどいつもどきどきする。

「ハクション！」

とはっきり言ってトシがくしゃみをした、こんなにはっきりハクションと言ってくしゃみを

するのはおれのまわりではトシかしらとりにーちゃんだ、しらとりにーちゃんは大きな声で
「ハックションオラ！」

と言う、

「ハクションオラクソダボ！」

と言うときもある、でもそのクソダボはけんかのときにも使う言葉だからそれは言葉で付け足している、

「オラ」

もわざとやろ、としんじが一度わざとじゃなく聞こえるように言って、というかほんとうにたまたま近くにしらしりにーちゃんがいて、まわりが静かでしんじの声がいつもより大きくて、聞こえてしまって、にーちゃんに
「なにこら」

とどつかれた。

うさぎの当番だったのを思い出した、屋上にいるちびじゃない、学校のうさぎ、ちびにえさをやるのも忘れていた。

父とトシを残して喫茶店を出た。

ここからならまず家によってちびにえさをやってから学校だけど走らない、発作はおさまっているけど走ると出るかもしれない、走りたいけど走れない。

うさぎは三匹いた、白いのがクロ、黒いのがシロ、もう一つの白いのもクロ、ややこしい。

「ややこしないやん。白が黒で黒が白やん」

そう教えてくれたのは六年のきたじまさんだ、きたじまさんは胸が大きい、
おちち
六年の女子は胸の大きいひとはたまにいるけどきたじまさんは一番大きい、おれは一度その胸を下からつかんだ、きたじまさんは背も大きい、

「わ」

ときたじまさんはびっくりして、

「お前か」

と言っておれの頭をつかんだ、その力はすごくておれはしばらく動けなかった、という話を家でしたら母が「チカンやんかあんた」

と言って、

「ちかんてなに」

とおれが言うと、

「電車の中とかで女のひとの尻やら胸やら触るやつや」

と言ったので、

「何で」

とおれが言うと、男は女のからだに触りたくなるという話になった、そうかな、女は触りた

くならへんの？　と聞くと母は「ならへんわ！」と言ったけど、

「なるやつもおるわい」

と父がいい、男の全部が女触りたいわけやないし、触りたくない男もおるし、男触りたい男もおるし、女触りたい女もおるし、と言った、

「けど触ったらあかんねんで」

と母が言って、

「そらそうや」

と父も言った。

たけしにその話をしたらたけしは、

「みみず触りたい？」

と言ってアパートの一階の奥の共同便所におれを誘って、便所の窓から外へ出て、そこは隣のアパートとの間がせまい空き地みたいになっていて、一階の便所の窓からしか入れない、そこは昼間も日がささないからジメジメしていてコケとかはえていて、ちょっといい。たけしがアパートの下にあいた穴、四角い穴、に手を入れて出してきたら大きなカンカンをにぎっていて、新聞でふたがされていて、輪ゴムでとめてあって、輪ゴムをはずしてあけたらたくさんのみみずがいた。

「触ってええで」

たけしが言った、おれが指で一匹つまもうとすると、

「ちゃう、こう」

とカンカンの中に手首まで入れて出したからおれもそうした、

「わぁ」

とおれが言うとたけしは笑っていた、みみずがたくさんのみみずがおれの手を行ったり来たりしていた、斜めのもいるし、もうどれがどう動いているかわからない、水に入れたのとは全然違って、自分の手じゃないみたいだ、かまれたみたいな気がしてあわてて抜いた、何匹かこぼれた、たけしがつまんでカンカンに戻した。

「丸虫もおんで、見る?」

たけしが別のカンカンを穴から出した、あけたそこにはたくさんの丸虫がいた、

「これは手ぇ入れにくい」

たけしが言った、

「つぶれる」

「手が?」

「丸虫が」


三匹のうさぎはあまり動かない。

「三、羽や」

うえだだ、

「え」

「うさぎは匹ちゃう羽」

「ひきちゃうわ」

「ちゃう！　ひき、ちゃう、わ！」

こいつ何言うとんねん、とおれは思ったけどだまる、

「こいつ何言うとんねん思てるやろ」

うえだはときどきこうして考えていることを当ててくる、うえだが地面に指で
匹
と書いて
「ひき」

と言った、匹とよく言うけど漢字ははじめて見た、うえだはその横に
羽
と書いて、

「これ、羽根の、は、わ、うさぎはこっち、わ」

とまた変なことを言った。

「変なこと言うてない！」

また当てた、

「羽根の、は、を、わ、て読むんや」

わ
「でもうえだ」

「お前誰のこと呼び捨てしとんねん」

あ、間違えた
「でも先生、何でわーなん」

「諸説ある」

もうこいつと話すのだるい、まなぶが今頃来た、

「遅いんじゃ」

「お前も遅れて来たやろがい」

「忘れてた」

まなぶが言った、

「おれも」

とはおれは言わなかった、

「お前らは忘れてたですむけどな、うさぎはここから出られへんねんぞ」

「出したったらええやん」

「ほんまや山に」

「うえだ、山逃がそ」

「誰がうえだや！」

「間違えた、先生山逃がそ」

「あかん」

「何で」

「これはあかんねや」

「何で」

「飼育小屋で世話するためのうさぎやからや」

「世話せんでええやん」

「せなあかんねや！」

「ナンデ」

「どこの学校にも飼育小屋あるやろ」

「ナンデ」

「生物の世話をするいうことは」

うえだが少し考えていた、ナンデ攻撃をしはじめていたまなぶはうえだ早くしゃべれと思っていた、

「あれや」

な、とまなぶは言いかけてだまった、今のにナンデは変だからだ、だけど次にうえだが言った、

「教育、やからや」

の、やからや、の最後の、や、にはほとんど同時にまなぶは
「ナンデ」
と言った。

ナンデー
ナンデー
ナンデナンー
ナンデー
ナンデー
ナンデナンー

まなぶとしばちゃんの家にいた、調子も悪いし、今は悪くはないけどゆうべは悪かった、帰ろうと思ったのだけどまなぶに誘われた、そういうときに限ってまなぶは誘ってくる、調子が悪いから行かないとかいうのは嫌だし、喘息だと言いたくないし思われたくもない。

行く道の途中につながれていない犬がいた、茶色い犬の耳はたれていた、おれとまなぶに尻尾を振ったから、おれが「ちょちょちょ」と言うとまなぶは、

「あかんで、狂犬病持ってんで」

と言って、

「しっ」

と犬にやった、まなぶは汚れたものとかかつみとか捨て犬とか野良猫にこういうことをするからおれはまなぶのそういうところが嫌いだ。

かつみというのは同じ学年の女子で、誰もかつみと話したりしない、かつみはたぶん話せない、着ているものもいつも同じで、穴があいたりしていて、わざとらしく
「気持ち悪い」

とか声に出して言う女子も男子もいる、おれも話しかけたりはしないけど、当たっただけで
「うわ」

とか言ったり、そんなことはしないし、もしそんなことをしているのが父にばれたら殺される、だからしないというわけではないけど、だってかつみは何もしていないし、何もしていないのにそんな風にいうのは、変だ、

「変でええやないかい」

といつか父が言った、何でかはおぼえてない、何かにおれが、

「そんなん変やん」

とか言ったからだたぶん、すると父はそう言った、

「変でええやないか」

でもかつみへの変はそのときの変とは違う。

だけどおれはかつみを泣かしたことがある、帰り道、かつみがいた、抜かすには遠すぎたし、

距離をあけるにはかつみは遅すぎた、かつみが立ち止まった、植木鉢の花を見ていた、寒いときじゃなかった気がするから春かもしれないけど秋だったかもしれない、春とか秋とかあまりおぼえていられない、おぼえているのは夏か冬だ。追い抜こうと早足で歩いた、ちょうどかつみと並んだとき、かつみが花を見るのをやめた、一瞬並んだから、かつみがびっくりした、びっくりしたようには見えなかったけどびっくりしていた、おれはそのまま行ったらよかったのに、立ち止まったからかつみが泣いた。

「何で泣くねん」

とおれが言うとかつみはもっと泣いた、涙がボロボロこぼれて来た、妹みたいだ、知らない男のひとがおれを見ていた、おれが意地悪をしてかつみを泣かしたと思っていたかもしれない、かつみが泣きながら歩きはじめた、ふらふらしていた、仕方がないからついて歩いた、誰かに見られたら嫌だなと思っていた、誰かというのは学校の誰かだ、知らないひとのことじゃない、かつみとなんか歩いてたら、それを学校のやつに見られたら絶対何か言われる、だけどそれを嫌だなと思っているおれの気持ちも嫌だ、父ならなんて言うかな、その嫌、をなんて言うかな、聞いてみたい、たぶん、

「そんなもん関係ないやろがい何をしょーむないことぬかしとんじゃ」

て言う、病院でおれがこの話をしたらやっぱり、

「そんなもん関係ないやろがい何をしょーむないことぬかしとんじゃ」

と父は言って、そのあとすごい機嫌が悪くなって、だけどさすがに病院だから大きな声を出

したりはしないだろと思ってたら大きな声で、

「そなことぬかすその性根が気に入らんわい！」

と言って出て行った。

病院の話はもうすぐ出て来る。

かつみが路地に入った、はじめての路地だった、こんなとこに路地があるのかと思っていた、シュロの木が見えた、あれは知っていた、ぼくじょうから見える、牛のにおいがした、ぼくじょうの近くだ、だけどおれやたけしが来るときとここは反対のところだ、木の家が見えた、おれのアパートよりボロかった、そこへかつみは泣きながら入って行った、かつみの家だった。

「ちょちょちょちょ」

おれが犬にまたした、

「あかんねんで」

まなぶが言った、

「ナンデ」

まなぶのナンデ攻撃を真似したわけじゃなかった、

「汚いやん」

「ナンデ」

「野良犬やん」

「ナンデ」

「だって野良犬やん」
「ナンデ」
「真似し」
とまなぶが言った、
「ナンデ」
じゃなく「何で」と言ったらまなぶが「また真似しとら」と言うから
「何での何が真似じゃ」
とおれが言って、
「真似やん」
とまなぶが言って、
「ナンデやったら真似やけど何でやったら真似ちゃう」
とおれが言ったら、
「おれのナンデ攻撃やん」
とまなぶは言って、
「ちゃう」
とおれが言って、
「しとーわ」
とまなぶが言って、

「してない」

「しとー」

「してない」

「しとー」

となったからおれはまなぶの口を叩いた、まなぶはメガネをかけているから鼻は叩けない、まなぶは口をおさえて少しびっくりした顔でおれを見ている、犬はいない。おれはときどきすぐに手が出る、母は父に似ていると言っていやそうな顔をする、そのまま帰ったらよかった、全然帰れた、いつもなら帰った、なのにそのとき、叩いたおれも、叩かれたまなぶもそのまま帰ろとはならずにしばちゃんの家へ歩いた。

5

しばちゃんの家にはおばあさんがいた、おじいさんはいない、生きてはいるけどこのときはいない、しばちゃんの家はいいにおいがしていて、この日もそうで、それがお線香のにおいだとわかったのは大きな仏壇があってお線香がついていたからで、咳《せき》が出た。

男のひとの写真があった、若く見えた、もしかしたらしばちゃんのお父さんかもしれない、女のひとの写真はない、お母さんは死んでなくてよそにいるのかもしれない、死んでいるけど写真がないのかもしれない。

小鳥を入れた鳥カゴがいくつもあって小鳥が鳴いていた、白いのがいて、緑のがいて、セキセイインコがいて、それは見たことがあった、昔家にいた気もした、気がしたというかいた、ちび
と母が呼んでいた、そうだ、うちは何でもちびだ、母がとてもかわいがっていた、ヘビに食べられて死んだ、だから母はヘビが大嫌いだ。

「とり」

まなぶが言った、だけどまなぶはそう言ったことに気がついてない、叩かれたことをまだ考

えていた、

「とり、言うたで」

「言うてない」

「お茶でも飲んでおくれやす」

としばちゃんがお茶、熱いお茶を出してくれた、せんべいもある、テレビドラマみたいだ。

なにやぶし、が聞こえていた、どこかで誰かが歌っていた、おばあさんかもしれない、レコードかもしれない、咳が出た。

「肩で息してはるな」

おばあさんがおれの後ろで声を出した、歌はまだ聞こえていたからおばあさんじゃない、

「ほんまや」

まなぶが言った、レコードだ、

「苦しいんか」

しばちゃんが言った、おれのことらしい、咳が出た、

「苦しない」

とおれは言ったけど、それはうそではなくて、昨日の晩よりだいぶおさまってたし、これぐらいならいつも学校へ行ったりしていたし、だけど静かなところへ来ると、中で小さな音がしているのはわかったし、静かだと、かすかに肩で息をしているのもわかったと思うから、来なきゃよかったと思ったけど来ていた。

「お茶飲み」

しばちゃんが言った
「飲めるか」

しばちゃんは優しい、でもやっぱり来なきゃよかった、

「飲んだらええやん」

まなぶは少し笑っていた、もっと叩けばよかった、さっきならやれた、治ったら絶対しばいたる、泣きたくなってきた、来なきゃよかった、まなぶとなんか一緒に帰らなきゃよかった、ていうか犬のとこで置いて帰ったらよかった、やっぱりそうしたらよかった、やっぱりは違う、あのときおれも帰ろうとは思わなかった、うさぎのせいや、うさぎ見に行ったからまなぶと会《お》うたんや、パチンコ屋になんか行かんかったらよかった、家におったらよかった、テレビ見てたらよかった、心霊見てたらよかった、だけどしばちゃんは親切だ、喘息じゃないときにまた来たい。

　おれは少しお茶を飲んだ、熱いお茶なんか夏に飲んだことなんか生まれてはじめてだったけど、その熱さと、湯気が、湯気やなたぶん、喉から肺の方に届いて少し楽になったような気がした。

　のも一瞬だったみたいで、急に喉が詰まったような気がしたら目の前に猫がいた、三匹いた、黒いの白いのねずみ色のとらの下が白いやつ、おれは猫のいる家に入ると発作が出る。

そこからはあまりよくおぼえていない、なんか大きな声がして、たぶんおばあちゃんだ、まなぶがずれたメガネを指で直していたのが見えて、サイレンが聞こえて、え、救急車？　うそやんとか聞こえて、でもその音はどんどん近づいてきて、音がして、景色がぐるぐるして、息が詰まった、隊員がおれに何か言っていた、おれは隊員の顔を見ていた、見ていたと思う、どこを走っているのかわからなかった、走っているのかどうかもわからなかった、足元にも誰かいた、こわくはなかった、こわくは全然なかった、救急車に乗ってる、と思っていたかどうかも忘れた、とまった、でまたガタンガタンてなって、景色がぐるぐるして、天井が動いていく、苦しいのかどうなのかあまりよくわからない、顔に、口に、何かつけられていた。

歌が聞こえてきた、あれはなんやっけ、よく聞いたやつだ、午前中テレビでたまにやる、夏休みとか春休みとか、冬休みにはあまり見ない、

あれは、

思い出せない

ナンデー

ナンデー

ナンデヤネンー

ちゃう

男のひとの顔が
女のひとの声や
息が、楽になった
小鳥が鳴いている
白くなった、白い中にいた、まぶしくはない、息も楽なような気がするけど、している気もしない
誰かいる、黒い服を着た
見たことある
ブルースリーだ！
歯がめっちゃ白い

「ゼンソクカ」

ブルースリーがしゃべった！


「モウイチドキク」

ブルースリーが右手の人差し指を立てた
「ゼンソクカ」

「はい」

「ソウカ」

「はい」

「クルシイカ」

「はい、あ、今はそんなに」

「カワイソウニナ」

おれがえへへと笑った
「オレヲシッテルカ」

おれは何度もうなずいた
「シッテルカ？」

このシッテルカは何のシッテルカかな、オレヲシッテルカにはこたえた、だけどそういうことじゃないみたいだ、おれは首をかしげた、ブルースリーがパンとおれの頭を叩いた！

ドンシンクフィール

「オレハ、シンデルンヤ、ゾ」

おれは、死んでるんや、ぞ

え!!!!

うそや!!!!

「オレノエイガミタカ」

何度もうなずいた

「ドレミタ」

三つ見た映画の題をおれは言った

「ソノトキオレハモウシンデイル」
そうなんか
「オマエガオレヲミタトキ、オレハモウシンデイル」
死んだひとを見ていた、だけど映画は死んだひとがたくさん出てる
「ソシテホンマハモウイッコアル」
え
「アタラシイエイガ」
え、え
「デモマダオマエハミテナイ」
見てない
「ミタイカ」
見たい見たい
「デモトチュウマデシカデキテナイ」
そうなんや
「ナンデカトイウト」
ナンデ
まなぶあいつほんま
「ソレサツエイシテルトチュウデ」

ブルースリーはこぶしをにぎりしめて、それをおれの顔の前に持ってきて、ぐぐぐっと、鼻の横にすじを入れて、ああこの感じ、この顔、映画と一緒や

「シンダカラヤ！」

と言って

アヒョー

と字で書くとそうしか書けない、だけど字を見て

アヒョー

と言ってもそれはもう違う、だからアチョーてみんな言うし見てないやつはブリースリーてあれやろアチョーて言うやつやろとか言うけど、くしゃみが字で書けないのと同じで、ハクションとか言うけどハクションとは言ってなくて、言うのはトシとしらとりにーちゃんだけで、だけどハクションか、バクションか、アションか、なんかそんな風にしか書けなくて、書けないけどくしゃみは誰でもするし聞いたことがあるから、ああれな、とわかるから通じるハクションだから、ブルースリーのこれも見てないとアチョーと書いてはいけない

ウウ

猫みたいだ

ウー

とんとんと小さくジャンプして小さく回った、ああかっこいい、おれはブルースリーのこれが大好きだ
「ふれっどあすてあみたいやな」
父が言った
なんて？　誰？
テレビで見た、ダンスするひと、タップダンス
フレッドアステア

ほんまや似てる

おれに手招きをした、来いと言っている、恥ずかしい
そしたら誰かがおれの名前を呼んだ、知らない声だった、声のした方を見た、おじいちゃん

だ、いやおじいちゃんじゃない、おばあちゃんの彼氏、
「他人の知らんおっさんや」
と言われていた謎のひと、そのひとがおれの名前を呼んでいる、花をつんでいる、何しとん、
「花をなつんでるんや」
「ナンデ」
「まくら元になそえたろおもて」
やさしいなあ
「他人のおっさんやぞ」
でもやさしいやん
「こっちで焼肉食え」
トシだ、父と、母はいない、しらとりにーちゃんときょうじがいた、コンロを置いて焼肉をしている、トシの家で何回も食べた、
おれが来た、
父の横に座った、
焼肉を食べるらしい、食べた。
太い赤いスジの入った背広の男のひとがいた、大きなギターみたいなのを抱えている
「お前のおじんはこれや」
誰かが焼肉を食べているおれに言った、言われたおれはうなずいたりもしない、誰が言った

のかわからない、だけど太い赤いスジの入った上着の男のひとがおじいちゃんだと言った、どれどれ、おれは見もしない、
見ろや
おれは思う、
見ろや
おれはそう思いながらおれを見て、男のひとを見ている、
見ろや
あほかおれ
見ろや
なのにおれは見ない、おれなら見る、だけどおれは見ない、
「おれおれ言うとるそこのガキ」
赤い太いスジの男のひとが言った、
「そのおれどうや」
男のひとは父の横にいるおれにじゃなくおれに言った、男のひとの目は赤い、酒を飲んでいるのかもしれない、森のおっちゃんはゆうべ血を吐いていた、今思い出した、どうして忘れていたのだろう、
「ほなの」
と部屋へ入る前、便所で血を吐いた、吐くとこは見てない、便所から戻ってきたときに口の

まわりに血がついていた、

「血」

とおれが言った、声がかすれていた、森のおっちゃんはにやっと笑って部屋へ入った、お腹が痛くなった、苦しいのよりお腹の痛いのが勝った、うんこをしに行ったら便器に血がついていた、血だと思った、うんこをしたら少し楽になったから部屋に戻って寝た、母も父も妹も寝ていた。

「花、置いといたるわな」

他人のおじいちゃんがおれのまくら元に花を置いてくれた、おれは寝ていた、いつの間にか隣に知らない子がいた、寝ていた、

「こっちの子にもな置いたろ」

他人のおじいちゃんは隣の子のまくら元にも花を置いた。

男のひとが、
おじいちゃん
が、ギターのようなものを出して音を出した、ギターよりもっと大きい、全然大きい、どの人間より大きい、音も、低い、地面から聞こえて来た、

「ウッドベースや」

ウッドベース

ブルースリーは、もういない

「死んだおもた」

と父は言っていた。

まなぶとしばちゃんが来た、

「わしのせいや」

しばちゃんは言っていた、

「おれが真似しとか言うたからやわ」

まなぶは言っていた、しばちゃんには
「ちゃう」

と言ったけどまなぶには黙っていた。

ひろしくんはお母さんと来た、

「大丈夫？」

「な、かわいそうに」

ひろしくんのお母さんはいつも優しい。

うえだが来て、

「大丈夫か」

と言うから
「大丈夫」

と言うと
「お、よかった、がんばって治して、大丈夫、て字ぃ書けるようにならなな」

と言った、もうくんな。

まーちゃんが来た、本を持ってきてくれた、字の本、
ハックルベリィ・フィンの冒険
「おもしろいで」

「お父さん怖いから逃げんねん」

「いかだで」

「黒人と」

「ジムいうねん」

「最後捕まんねん」

「でもトムソーヤーと助けんねん」

「トムソーヤー読んだ？」

読んでない
次の日まーちゃんはトム・ソーヤーの冒険を持ってきてくれた、

「ハックルベリィのが好きやけど」

「トムソーヤーはなんかちょっとずるぃ」

じゃあハックルベリィを先読もうと思ったけどまだ読んでない。

たけしが来た、

「教会行っとってん」

たけしのお母さんは毎週教会へ行く、クリスマスというものがあると教えてくれたのもたけしのお母さんだ、サンタがいてクリスマスの日にほしいものをくれるとか、母に言うと
「知らん」

と言われて、父に言うと
「あんなもんおもちゃ屋の作戦じゃ」

と言われた。

「教会涼しぃねん、クーラーきぃとぉ」

ここも涼しい
「おかんと、おかん廊下におる、おばちゃんとしゃべっとー」

「喘息で死にかけた言うとった」

どこかで子どもが泣いていた、小さい子だと思う、よく泣くのがここは聞こえる、夜はギャーギャー泣いていた、妹が泣いているのかと思った。

おばあちゃんもおじいちゃんも、おじいちゃんじゃないけど、他人のおっさんだけど、そのひともいとこも誰も来なかった、あ、ダイスケは来た、ダイスケは二年でトシの子どもだ、ほ

とんど学校に行ってない、万引きばかりしている、なのにトシはダイスケをあまり怒らない、ミサト姉ちゃんばっかり怒る、ミサト姉ちゃんは中二か中三で、いつも家で洗い物をしたり、おれや父や妹が、母はあまりトシの家へ行かない、行くとおばちゃんといつもご飯を作ってい て、一緒に食べたりもしない、そしてトシはミサト姉ちゃんにとても偉そうに怒る。

「おばちゃんのつれこやからな」

と母が言った、

「つれこて何」

「つれこはつれこや」

隣のベッドに男の子がいた、名前は知らない、坊主頭で、いつもテンテキをしていた、おれもしていた、来ていたのはお母さんでたぶん、二人はあまり話さなかったけど、夜になってみんないなくなると
「なぁ」

と話しかけてきた。こわい話ばかりそいつはした、死んだことがあると話していたのはおぼえている、死んだことが三回あって、次死んだときはもう生き返らないから、おれは死ぬ、とか言っていた、夢にいたのはそいつなのに、おじいちゃんに、じゃない、他人のおっさんに花を置いてもらってたのはそいつでそいつはだから夢にいたのにそのことをおれは忘れていた、ていうか、夢、というかあのときみたもののどれもおれはおぼえていない。

毎日まんがを読んでいた、父が買って持ってきてくれた、母が持ってきてくれたのもあった、しばちゃんやまなぶが持ってきてくれたのもあった、だけど何があるのか調べてから持ってきてくれたわけじゃないから同じのがいくつもあった。

苦しくはもうなかった、ご飯は給食みたいだけど、給食は好きだ、魚が出たから困った、魚はくさいから嫌いだ、たけしは毎日来た。

「おれもニュウインしたいなぁ」

「テンテキせなあかんで」

「針ささっとん」

「ささっとー」

たけしが顔をゆがめた、

「プール行ったらな、まなぶ来とった」

ふうんとおれは言った、

「プール行きたいねんであの子て言うとったで」

「誰が」

たけしがおれの名前を言った、

「おれそんなん言うてない」

「言うとったで」

「プール行きたいねんであの子とか言うてない」

「おかんが言うとった」

「今おれが言うた言うたやん」

「隣の子どこ行ったん」

「朝起きたらおらんかった」

母が隣の子は夜中に急に悪くなって部屋が変わったと聞いたと、誰にか知らない、あとで言った、

「死んだん」

「知らん」

母は毎日来た、妹は母と一緒に動くから毎日来ていた、来て、ニヤニヤしていた、

「いたい？」

と来たら言った、

「いたない」

父はかつみの話のとき怒ってから来ていない。

6

退院して何日か家にいて、プールに行ったけど、泳いだらあかん、といわれていたので、足だけつけたり屋根の下のベンチに座ってみんなが泳ぐのを見ていた。

せみがワンワン鳴いていて、空は晴れて大きな雲がいた、あれは夕立になるやつだなと誰かが言った、泳げないし暑いし退屈だ、来なきゃよかった、だけど家にいても暑い、父は新しい工場で働きはじめていた、退院したらいなかった、晩はいた、いないのは昼のことだ、みんなが終わる前に学校を出た、うさぎも見た、

「おれもかえる」

後ろを見るとたけしがいた。

ちょっと見ない間に、といってもたけしはほとんど毎日病院へ来ていたのだけど外で見るのは久しぶりで、久しぶりに外で見ると少し大きくなっていた、

「うんこしたい」

「してこいや」

「どこで」

「学校」
「あそこでする」
たけしは、
モータープール
と黄色い看板のある駐車場の奥へ行ってしゃがんだ、
「近くにおってよ」
「はよしいな」
「うーん」
とふざけたようにたけしはきばって、
「出てる」
と言って、
「紙ない」
と言って、
「帰ってふこ」
とたけしはふかずにズボンをはいて立ち上がり、
「手にちょっとうんこついた」
と少しかいでからその手をおれに、
「うんこついとーで」

と出してきたから、

「つけんなや！」

とか言って駐車場から走って出たら、固まるおっさんがいた。

固まるおっさんというのはみんなでそう呼んでいただけでそういう名前というわけじゃない、おっさんは突然固まるからそう呼んでいた、何度も固まっているのを見た、おっさんはいつも同じ黒い赤い帽子、じゃなくて、ハンチング、それをハンチングというのだとしばちゃんが教えてくれた。

「あれは帽子ちゃう、ハンチングや」

だけど少ししばちゃんは間違えていた、

「ハンチングも帽子や」

父が言った。

おっさんは歩いていた、とてもゆっくり歩いていた、固まる前かもしれない、おっさんは曲がって坂をのぼった、おれとたけしはしばらく見ていた、固まらない、固まるまで見ていようかと思ったけどなかなか固まらない、

「固まらへんな」

「固まらへんな」

飽きてきた、でもやっぱり固まるところまで見ないと固まるおっさんを見たことにはならない、たけしは坂をのぼり出した、おれもあとを歩いた、おっさんは牛女の家の方へ歩いていた、

牛女というのはいつも家の中にいて、窓を少しだけあけて外に顔を出して誰か通ると
「もおー」

と言う女のひとのことで、

「あ！」

たけしが声を出した
おっさんが固まった！

おっさんは固まっていた、こうなったら近くに行っても大丈夫だからおれたちは近くに行った、

「カカカカカカカカ」

とおっさんは小さな声を出していた、カ、のときもあるし、ウ、のときもあるし、

「バ」

て言っていたと言ってたやつもいた、

「もおーーー！」

牛女が鳴いた、

「二ちょこやん！」

たけしが言った。

牛女がまだ牛女じゃなかった頃、母はあいさつしたりしていたと言った、

「かわいい子でな」

「誰が」

「あの子」

牛女だ、

「いっつもきれいな服着せてもろてお母さんに、今もかわいいかっこしてるやろ、お母さんが着せてんねんなぁ」

「牛女見にいく？」

とおれが言った、

「行かへん」

とたけしは言った、たけしの行く行かへんとかやるやらへんは想像がいつもつかない、行くかな行くやろ絶対と思っていると行かへんと言うし、やらへんやろこれは絶対と思ってると、やるとか言う。

しまだのお兄さんがしまだと来た、おれはあせってかくれた、おれの真似をしてたけしもかくれた、しまだのお兄さんだけだったら下を向いて知らん顔して歩いていけるけど、しまだがいた、しまだはおれを見つけたら絶対声をかけてくる、そうなったらおれまでしまだのお兄さんと話さないといけなくなる、
しまだのお兄さんと何しゃべるん！

しまだもしまだのお兄さんもまだおれに気がついてない、電柱の後ろにおれはいた、少し離れて誰かいた、あれは絶対中学生じゃない、大人だ、大人が何か言ってしまだとしまだのお兄

さんに近づいた、何て言ったのかわからなかった、大人はしまだのお兄さんよりずっと大きい、たばこを吸っていた、しまだは退屈そうにしてからだをぶらぶらさせていた、

「……！」

大きな声がした、しまだのからだが止まった、大人がしまだのお兄さんの胸ぐらをつかんだ、たばこはくわえたままだ、そして叩いた、

しまだのお兄さんを！

大人がまた大きな声を出して、また叩いた、

「オオコラ！」

と聞こえた、また叩いた、しまだのお兄さんは何もしない、大人が手を離した、しまだのお兄さんは下を向いてつばを吐いた、大人が何か言って歩いておれたちの方へ来た、大人はとても大きく、白いシャツ、多分白かったと思う、の前はボタンをはずしてあけていて、入れ墨が見えた、たばこを捨てて新しいたばこに火をつけた。

「うそやん」

「しまだの兄貴叩けるやつおるんや」

「大人やん」

「大人強いな」

「大人は強いわい」

しばちゃんが言った、

「大人より強いやつおるかな」

「大大人」

「なんやそれ」

「大きい大人やん」

「大人やん」

「大人はでかいからな」

「うえだもでかいんかな」

「うえだちっさいわ」

「あいつちびやん」

「ちび」

「あれも大人なん」

「ことなや」

「ことな」

わはははははははは
「ことな」

わはははははははははははははははは
「うえだはことなや！」

「ことな！　ことな！」

「あいつことなやけどめっちゃちんこでかいで」

「いつ見たん」

「便所」

「職員便所入ったらあかんねんで」

「高橋はでかいで」

「高橋て誰」

「川島のがでかい」

「川島てだれ」

「しまだ泣いとったん」

「泣いとった」

「川島て中田のこと？」

「中田てだれ」

「川島やろ？」

「川島はだれ」

「中田」

「まなぶ海行っとーらしいで」

「うそやん！」

「田舎の海」

「あいつダボ」

「えーなー」

「おれ行ったで」

「どこ」

「海」

まーちゃんが来た、久しぶりに見た、

「まーちゃん！」

「やーちゃん！」

と言ってたけしが水面を叩いた、

「さーちゃん！」

「あーちゃん！」

「ラーちゃん！」

「ラーメン！」

「マーメン！」

「たけし触んなや」

「へへへ」

「それかいたん？」

「かいた」

「かいぃ？」

「めっちゃかいぃ」

かいざきの腕のひじの、曲がるとこの、ひじじゃない方、中、が赤くぐじゅぐじゅになっていて、かさぶたのところもあって、かいぃらしい、それをたけしが触ろうとする、

「触んなや」

「うつんで」

たけしは触った指のにおいをかいで、プールの水で洗った、

「きたな」


「クマのプーさん読んだ」

まーちゃんが言った、

「なにそれ」

たけしはまだ指のにおいをかいでいた、

「ハックルベリィ・フィンの冒険は二回読んだ」

「はくはく」

忘れてた、読んでない、

「読んだ？」

「読んだ」

うそをついた、

「ぼくもいかだで川下りしたいわ」

「したい」

「ジムかわいそうやんな」

「かわいそう」

「トムソーヤーえらそうやろ」

「えらそう」

「今赤毛のアン読んでんねん」

よかった、終わった、

「アンアン」

と言ってたけしは笑った、しまだがいたら、

「何わろとんねん」

と髪の毛をつかまれる、しまだをプールで見ていない、

「まんが？」

おれが言った、

「字の本」

まーちゃんが言った、

「じのんほん」

「電車道あるやん」

ある、昔市電が通っていた、

「昔ていつ」

「昔や」

おれが言った、

「幼稚園いく前」

まーちゃんが言った、

「おれ教会の幼稚園行っとった」

「あそこすずかけの木ぃあるやん」

「なにそれ」

「カサカサ、いう」

「いう！」

「葉っぱのやつ、大きいやつ」

「うん、すずかけ」

「枯れた落ちたやつ踏んだらカシュてなる」

「あっちからな」

とまーちゃんは学校の方を指さした、

「電車道歩いたらな、夕方な、夕日がな、あっち」
反対の方をさした、
「赤なんねん」
「夕焼けやろおれ知っとーで」
「あそこ夕焼けの道にしてん名前」
「どこ」
「プーさんてハチミツ好きやねんで」
「あまい」
「雪降ったら歌うねん」
「雪降らへんかな」
「雪見たことない」
「うそやん」
「雪あまいねんで」

まーちゃんはトムソーヤーを持ってきてくれたあと病院には来なかった、まーちゃんはずっといないとたけしが言っていた、まーちゃんがいない間、まーちゃんの部屋にはずっと香水の女のひとがいたらしい、そういえばまだ香水のにおいがする気がする、
「親切なひとやで」

と母は言った、洗濯物をしに母が屋上へ上がると女のひとが泣いていて、どないしたん、と母が話しかけたら、すんません、というから、謝らんでいいよ、とか母が言って、暑いでしょ、とか母は言って、ちょっと待っとき、とか言って、部屋へおりて冷蔵庫から麦茶を出して飲ませてあげたら、ありがとう、と言ってまた泣いて、

「かわいそうやわわたしあの子」

と母は「わたし」と言って、女のひとのことを「あの子」と言った。

それからは妹にケーキを買って持ってきてくれたり、

「きれいな」

ハンカチを持ってきてくれたりしたらしい、

「おいしかったで」

と妹が低い声で言った、

「ケーキ」

おれはケーキを食べていない
「あんた宿題しとんか」

忘れてた、

「今のうちにやっときや、入院とか関係ないからな」

「関係ないいん！」

「三日だけやん」

長くいた気がするけど三日しかいなかった。

7

朝、父が釣り道具の準備をはじめた、行きはじめていた工場には何日も前から行かなくなっていた、
「何日行ったんよ」
母は言った、父は何も言わない、
「職人やから仕事はなんぼでもあるやろ」
母が流しで洗い物をしながら言った、おれにか妹にかに言っていた、父はいない、どこかへ行った、
「だから嫌ならすぐ辞めたるわいいう態度なんや」
「お父ちゃん今回の工場何で辞めた思う」
「朝、警備員のひとに、入り口のとこで、おはようございます言うのが嫌で辞めたんやで」
「おはようございますぐらい言うたらええやん」
「あいさつやん、朝の」
「それの何が嫌なんかさっぱりわからへん」

「ほんまあのひとの頭のなかわからへんわお母ちゃん」

「子どももおんねん」

トシが言っていた、

「ほんま」

「もう！」

ガシャン、と流しで何かが割れた、妹の目に涙がたまっていた、だけど泣かない、

「さわやかー」

テレビが言った、女のひとが言っていた、母は泣いていたのかもしれない。


釣りへ行くとなればおれも連れて行かれる、でもまだわからない、おれは父を海へ突き落とした、あの話はあれから父はしていない、うらんでるかもしれないから誘われないかもしれない、おれは夏休みの残り全部プールに行きたい、海で泳げるなら海へ行きたいけど、

「海パン出しとけ」

父が言った。

泳げるのか！

父は屋上へ上がる階段の横の物置から大きな黒い袋も出してきた、ゴムボートだ、ゴムボートも持っていくらしい、あれは死ぬほど重たいからおれはまだ持てない、父がかつぐ、ということは釣り道具はおれが持つことになり、それはそれで重たい、だけどゴムボートを持って行

くなら父は絶対、島へ行く気だ、島へは二回だけ行ったことがある、島は海がきれいだ。

「海行くん」

「行く」

「どこの」

「島」

「しま」

「フェリーで？」

「なにそれ」

「船や」

「乗ったことない」

「あるやろ」

「飛行機ならある」

「飛行機乗ったことあるん？」

「ある」

たけしは飛行機に乗っていた、

「飛行機乗ったことないん」

「ない」

とまーちゃん、父の声がした、

「ない」

とおれ、

「飛行機や」

空の上を小さく銀に飛行機が飛んでいた、

「行くわ」

「うん」

「うん」

おにぎりを十個、母が作ってくれていた。

荷物をかついで駅まで歩いた、島へ行く船に乗るには家から一番近い電車じゃなくて、少し遠い駅の電車に乗らないといけないのだけど、遠いから、一番近い駅から乗って、乗り換える作戦だった、もう父の機嫌が悪い、釣りへ行くのに、荷物だ、重たいからだ、駅まで歩いただけで二ひとは汗でびしょびしょだ、

「二ひとてなんどい」

おれは説明した、しんじがいい出してうつっていること、言ってみると悪くはないこと、人《にん》のが変な感じがしてくるということ、父は舌打ちをした、ああやっぱり来なけりゃよかった、すごくそう思った、おれと父は合わない、

「そっくりやで」

と母は言うけど、おれはこんなにいつも機嫌が悪くなったりしない、母と妹は行かないと言った、

「仕事やもん」

そう言ったのは妹だ、屋上でちびに葉っぱをやっていた、

「お前仕事関係ないやん」

「行くもん」

「ついて行ってるだけやろ」

「……」

「おれ一人で行くねんで」

「仕事やもん」

「お前仕事するんちゃうやん」

妹が泣いた、これは止まらないやつだ、だんだん大きくなってきた、公園に知らない子どもが三ひといた、これは母にも聞こえてしまう、からすが鳴いた、どこかで車のクラクションが鳴った、ガシャン、音がした気がするけど、たけしがまたはねられたのかもしれない、せみはわんわん鳴いている、妹の鳴き声は高くなって、キーーッ、という音が入る、ちびの耳が妹に向いていた。


乗り換えの駅についた、駅は地下だ、ホームに降りるとたくさん人がいて、みんなよそ行き

の服を着ていて、その中を白いランニングシャツでズボンをひざまでまくりあげた父とTシャツのそでを肩までめくり短パンのおれが大きな荷物をかついで歩いている、汗でびしゃびしゃだ、さっきせっかく電車でかわきかけたのに、ああ重たい、クーラーに水筒を二つ入れてきたけど一つでよかった、他にもたくさんいろいろ入っている、あとそれと竿、竿袋に何本も竿が入っている、おれは釣りをしないから父のだけでいいと思うのに何本も入っている。階段をあがって、改札を出て、地下街を歩いて、階段をのぼると外に出た。

暑い、日傘をさしてサングラスをかけた女のひとがおれを見た、けどすぐにおれと父はぐいっと右に曲がってフェリー乗り場に近い駅へ向かう、乗ってきたのとは別の電車の駅へ向かう、父が立ち止まった、休憩だ、影になっている。

「穴あいてるやろ」

父が上を手でさした、電車の横の鉄の柵みたいなところ、小さな穴がいくつもあいていた。

「きじゅうそうしゃのあとや」

「せんとうきの」

「戦争のときの」

あれ、戦争終わった日がたしかもうすぐだったような、あれ、何日やっけ、

「十五日や」

今日何日

「十三や」

もうすぐ夏休み終わるやん！

「ここらによーけせんさいこじおったんや、わしが母親とここ通るやろ、ほなそいつらがじーっと見よんねん」

せんさいこじ
「ぶかぶかの服着て、顔もどろどろでな、怖いんや」

「何せんさいこじ」

「戦争で親死んでもて子どもだけになってもたやつらや」

へえ
「わしあれになりとーてな」

父はそう言った、おばあちゃん生きてるやん、彼氏おるやん、とおれは思った、だけど父がおばあちゃんのことをあまり好きではないのも知っていた、好きでもないのにおれは小さい頃おばあちゃんの家に預けられていた、父も母も働いていたからだ、おばあちゃんの家の部屋が一つで、便所は外だったのだけどほんとうに外で、うちは違う、外だけど外じゃない、廊下の先にある、おばあちゃんの家の便所は一度家から出て、屋根はない、せまいろーじ、ろじ、と正しくは言うのだとしばちゃんに教わった、の突き当たりにあって、何軒もの家の流しの前の窓の下を通る、雨が降っていると濡れるので傘をさすのだけどせまいから半分だけひらいてさして行く、

「男やのに傘なんかいらんやろがい」

と必ずおばあちゃんは言った、そのろーじでひとが殺されていたことがあるとトシが言った。

「血まみれや、おれが見つけたんや」

父はうそだと言ったけど、おれはほんとうじゃないかと思っている、父とトシがそこですごい殴り合いをするのを何度も見た。

「じーちゃんはな、戦争行っとってん」

しばちゃんが言った、

「鉄砲撃ったん」

「撃った」

「殺したん」

「殺したんちゃうかな」

「どっち」

「殺した」

「えー」

「殺されたん」

「殺されてないと思う」

「わからへんもんな」

「生きとーやん」

「しばちゃんのおじいさん見たことあんで」

「どんなん」

「痩せとー」

「殺した感じする？」

「おれモデルガン持ってる」

「マグナムやろ」

「改造拳銃にできるやつや言うてた」

「なにそれ」

「知らん」

「うちのおとんが大人に首絞められたらどんなんかやったろか言うておれの首絞めた」

とおれが言うとみんなが驚いた、

「どんなん」

「めっちゃ苦しい」

「逃げれる？」

「無理」

「ほなどうするん」

「そうなる前に逃げ、言うとった」

「へー」

「噛め言うとった、どこでもええから噛みちぎれ言うとった」

「嚙みちぎれるかな」
「ミノ食うやん」
「食う」
「ほないけるやろ」
「ほんまや」
「嚙みちぎろ」
「嚙みちぎろ」

電車は動いていた。窓の外にまだ海は見えない、山は見えていた、向かう方向の右手側、山はずっと見えている、早く海が見えないかな、父と二ひとは少しあれだけど、島の海はきれいだ、そこで泳いだり潜れたりできると思うとどきどきする、おにぎりを三個食べた、父は二個食べた、あと五つ、どきどきする、今座っているけど、電車の座席に、立ち上がって歩きたくなる、もうすぐ向かう方向の左に海が見えるはずだ、建物が邪魔するけどすき間から少しだけ、見えた

次の駅でおりる、おれはもう立っていた、電車のとまるのなんて待ってられない。
フェリーの乗り場まではバスで行く、前一度タクシーで行ったことがあるけどあのとき父はその少し前に競馬で勝っていた、今日は勝ってないからバスだ、さすがに歩きはしない、荷物が重たい、バスから見えていたのは家とか工場で、父はもう働かないのかと思う、だけど海が

すぐそこなのは知っていたから、もうおれは海にいた、
「埋立地やからそうや」
父もそう言った。父は自分が行きたくて釣りへ向かうのだけど、おれがつまらなそうにしているると機嫌が悪い、だけどこうして家を出るときは、えー、と思っていたけど島の海を想像してうれしそうにおれがしていると父の機嫌もいい、ということは今、父とおれはしあわせだ、
たけし
の顔が浮かんだ、
まーちゃん
の顔も浮かんだ、あのいつものアパートにいるか公園にいるか、そう思うと少し気分が、すん、となったけどあいつらだってどっかに連れて行ってもらったりしている。
ビルの向こうに防波堤が見えた、海だ、フェリー乗り場だ。フェリーが見えた、あれに乗る、バスをおりる、歩いて切符売り場へ行く、ベンチがいくつもある、赤いベンチ、荷物を置いて父が切符を買いに行った、トラックがたくさんいた、運転手がたくさんいた、釣りへ向かう人もいた、高校野球のアナウンサーの声と、わー、と言うのとブラスバンドの音がしていた、あそうだ、防波堤のすぐ向こう、今は見えないけど、水族館がある、入るとウミガメがいて、大きなくじらの骨が天井にある、たまにしか行かないけど、動物園より全然行った回数は少ないけど、おれは水族館も好きだ、嫌いだと言ったやつを見たことがない、知らない、というやつはいた、連れて行ってもらったことがないやつだ、かわいそうだ、そういうやつは島なんか

絶対に行ったことはない、あんなにきれいな海の水を見たことがない、やっぱりおれはしあわせだ。

「はよこんかい」

父の声がした、父はもう入り口のところにいた、おれは急いで荷物をかついで父の元へ向かった、船まで歩く、船が大きい、近いと思うと大間違いだ、思っている以上に遠い、そのつもりで歩かないとバテる、と思っていたらすぐについた。

畳の船室もあるけどおれはそんなところへは入らない、父も入らない、デッキだ、一時間ぐらいでつく、もっと早いか、それなのに船室になんか入らない、海を見る、暑い、太陽がギラギラしていた、ギラギラしていると最初に言ったひとは偉い、ほんとうにそんな感じだ、

「遠いねんで」

まーちゃんが言った、

「太陽」

たけしは変な顔でまーちゃんを見ていた、

「すごい遠いねん」

「だから何やねん!」

たけしが言った、たけしは今日は朝からとても怒りっぽい、まーちゃんはだまってしまった、

おれとまーちゃんはブランコに乗っていた、たけしはさくに手をかけていた、まーちゃんのお父さんがアパートから飛び出してきてたけしを叩いたことを思い出した。

「何でそんなん言うねん」

とおれはブランコをおりてたけしに近づいた、たけしが「うっさいわい」と言ったから叩いた、たけしは泣いてアパートへ走って行った、その日の夕方たけしは何回もはねられている場所でまた車にはねられる、骨折はしない、
あれ
たぶんしない
「してない」

たけしが言った、

「それ去年やもん」

おれは病院にいた、

「骨折したやん」

「来年な」

たけしが骨折するのは来年だ。

バスはいなかの道を走っていた、左には海、もうずっと海、浜も見える、右は山、山じゃないときもある、田んぼとか畑とか、父がおにぎりを食べていた、いくつ食べるのか見ていた、

三つ食べた、あと二つ、すごい腰の曲がったおばあさんが歩いていた、通り過ぎてもおれは振り返って見ていた、バスにもおばあさんが乗っていた、大きな荷物を持っていた、おれや父の荷物より大きい、腰の曲がったおばあさんは見えなくなった、あんなに腰が曲がっていて前が見えるのかな。

「おりるぞ」

と父が言った、

「ボタン押す?」

「押せ」

ピンポーン、だったかどうか忘れた。

おりたのはいなかの道でバスは坂をのぼって行った、店屋があった、父は荷物を置いてそこへ向かった、おれもついて行こうとしたら、

「荷物見とけ」

と言って行った、誰もいない、荷物なんか誰も取らない、からすがいた、一、わ、羽、でいた、からすはおれを見ていた、目玉が虹色に見えた、空は晴れていて、

暑い!

海の音が聞こえていた、島に来た、もうとっくの昔に来てはいたけど、来た、という感じがした、公園はもう遠い、アパートも学校もすごく遠い、そんなところにいたのが信じられないぐらいだ、いなかったのかもしれない、たけしとか知らない、まーちゃんも知らない、しらと

り兄弟なんか思い出しもしない、父は両手に袋を持って歩いてきた、コーラとお菓子と弁当とあといろいろ、菓子パンと。

「水道はあるわ、そこ」

そこ、を見た、木の向こうに建物が見えた、白い、壁は板だ、赤い屋根、

「学校や」

からすが学校の中へ飛んで行った、夏休みだから子どもの声がしない。

背より高い草の中を歩いて、坂になっていて転びそうになった、浜に出た、小さな浜だ、海が大きい、島とか見えない、おなかがすいた。

「弁当食え」

父が袋から弁当を出した、ご飯の上に魚が乗っているのが見えた、母ならこんな弁当は買わない、おれが魚を食べないのを知っている、母も来たらよかったのに、母に会いたくなった、妹は母といる、たぶんにやにや笑っている、腹が立つ、おれは魚の弁当を食べなきゃいけない、父がおにぎりを二個食べた、弁当を食べるしかない、ふたをあけたら魚のくさいにおいがした、泣きそうになった。

「魚嫌いなん」

たけしが言った、

「嫌い」

おれがこたえた、

「おれ骨も食う」

おれはそれを食べた、骨は食べてない。

浜と海と空しか見えない、ちょっと頭を動かすと右に木が目に入るから動かさない、左には、赤い、鉄の、ずーっと海まで続く、鉄の、あれは何だろう、

「ベルコンや」

鉄の、

「ベルトコンベヤーや、砂、山から下ろしよんねん」

べるこん
「あの先へ船つけて、その砂積んで、埋め立てへ持って行くんや」

あーなるほど
「土ちゃうん」

父は釣りの用意をしている、

「山に砂ないやん、土ちゃうん」

父はたばこを浜に捨てた、捨てたたばこをおれが踏んで消した。

波の音しかしない。


ゴムボートは軽いから波と同じに動くからずっと揺れていた、父はオールを両手でこいでいた、どこまで行くつもりかな、ここらでいいのにと思うけど、ていうかゴムボートじゃなくて

いいのにと思うけど、たばこ休憩のときはおれがした、おれだと進まない、浜が離れて、さっきまでいたところはあんなところやったのかと、山がすぐそこまで来ていて、赤い屋根の学校が見えて、家もいくつか見えた、電信柱、電線、草の上をときどきバスが通った、車も通っていたかもだけど草で見えないのかもしれない、その景色の全部がゆらゆらゆれていた、波で。酔い止めは飲んだ、電車に乗る前に、おれはよく酔う、バスとか電車とか車とか、フェリーとかゴムボートとかだからほんとうは最悪だ、でも薬を飲んでいたから大丈夫、ボートは進んでいるときはまだいいけどとまったときが酔う、薬はある。父がこぐのをやめて赤いイカリ、ひもがついている、を静かに下ろした、ここらしい、浜は遠い、細い白い黄色の線になった、人差し指の一個目の関節くらいの、で、人差し指ぐらいの草、で、電信柱とか電線とか、あと山、少し右に学校、その少し右に家、その上にも家、ずーっと右にベルコン、左は島の腕が丸く抱えている、途中まで、その向こうにも島が見えた、色は薄い、薄い青じゃない、黒でもない、青と黒の中間の薄いやつ、あとは海、と空、ぽちゃぽちゃとすぐそこで水の音がしている、塩水、なめてみる、すごいからい、雲はほとんどない、暑い、父もおれも帽子をかぶっている、父は麦わら帽、おれは野球帽、まっすぐかぶっていた帽子を父が斜めにした、父はいつもそうする、ズボンの中に入れていたシャツも引っ張って出す

「何で出すん」

と母は言う、

「不良みたいやで」

「ちょいちょい浜見とけよ」

ちょいちょい見ている。

「ち」

引いたのに合わせられなかったのだと思う、おれは何もしていない。

「あーくそ」

今のは絶対そうだ、合わせられなかった。魚はたくさんいるみたいだ、たくさん釣れたらどうしよう、氷と魚でクーラーが重くなる、クーラーを持つ係はおれだ。

「トシが昔、ごっついチヌつって、下の浜で」

父は楽しそうだ。

「スズキのこんなん、なかなか上げられへん」

「グレのなこんな、岩場で、気ぃつけとかな岩場は危ないからな」

死んだひとがいた、誰だっけ、

「死んだひとおったやろ」

「うん」

「友だちの」

ああそうだ、くろちゃんのお父さん。

「くろちゃんのお父さんがなくなりました」

うえだが言った、くろちゃんはおとついから学校に来ていない、くろちゃんは小さくて黒い

からくろちゃんと呼ばれていた、

「ほんで家も近いからみんなでお葬式に行こうと思います明日」

おそうしきなんかはじめてだった、だいたいみんなはじめてだった、

「おれはあるで」

しばちゃんはほんとうにいつでも大人みたいだ、うえだがしばちゃんより上だとどうしても思えない、うえだははじめてな気がする、だってあいつ今話すとき緊張してる。

「服はいつもの服でええ、体操服でもええ、先生はちょっとちゃんとしたかっこで行くけどちゃんとしたかっこ」

「もふくやな」

「もふくて何」

「黒いやつ」

「くろちゃんやから？」

「何で死んだん」

「いそから落ちてんて」

「何から落ちたん」

「魚釣りしとってんて」

「つれたん」

「くろちゃんて妹おるよな」

「おる」
「妹も黒いん」
「くろちゃん黒ないやん」
「黒いでいっつも釣り行っとったからお父さんと焼けてんて」
おれはそんなに焼けてない、
「はよおそうしき行きたいわ」
次の日、二班に分かれて行った、くろちゃんの家は部屋が台所とあと二つあった、アパートなのにうちより広い、奥にくろちゃんはいた、おれとしんじが入って行ったら目が合った、くろちゃんは笑った、うえだはくろちゃんのお母さんの前で泣いていた、くろちゃんの妹は泣いているうえだを見ていた、死んだお父さんはかんおけの中にいた、見たかったけど見えなかった、
「おれ見たで」
まなぶが言った、おれたちは渡り廊下にいた、くろちゃんのアパートが見えていた、
「いつ見てん」
「見えたもん」
「どんなんやった」
「わろとった」
「うそや」

「わろとった」
「死んどんのに何で笑うねん」
「わろとったもん」
「おれも見た、わろとった」
何でここでししど、
「お前おそうしき行ってないやん」
「行った」
ししどが言った、
「うそじゃ」
おれが言った、
「お母さんが友だちやから」
ししどは大人が着るような、うえだが着ていたような上着を着ていた、
「なぁわろとったよな」
「こんなん」
ししどが目をつむって口もつむって、に、とした、して、歩いて行った、
「あいつ腹立つわ」
「誰」
「ししど」

「しばいたやん」

まなぶが言った、

「しばいてないわい」

「叩いたやん」

「叩いただけじゃ」

「しばいとーやん」

「しばいてないわい」

「しばいたらええやん」

しんじが言った、

「けんかや」

しんじが言って、みんなも
「けんかやけんかや」

となって、少し嫌だなと思ったけどやるしかなくなって、ししどのいる教室に向かったら、ししどが教室の前でしらとりにーちゃんといて、他にもひとがいて、しらとりにーちゃんは
「何いきっとんねん」

と言って、ししどの腹をけってししどはしゃがんで、

「おそうしきやったから」

と言って泣いたからけんかはなくなった。

「流されとんな」

父が言った、

「浜見とけ言うたやろがい！」

8

おれはお菓子を食べていた、泳いだりして、泳ぐときは腰にひもをつけられた、

「サメのえさや」

父が言って笑った、しばらく泳いでいたけど足がつかないから疲れて、潜ったりして、水中メガネをつけていた、シュノーケルもつけていた、浮いたりして、飽きたのでボートに上がって、水筒に入れて来た麦茶を全部飲んで、全部飲んだとは父には言ってない、浜に戻るまでほんとうは残していないとのどがかわいたときに困る、でもまだ父の水筒がある、ボートに寝そべってポテトチップを全部食べて、ポップコーンをあけたところだった、水の音はしていたし、海は冷たくて気持ちよかったし、泳げるのなら海には飽きたりしないし、父の機嫌はいいし、空は晴れていたし、

宿題

を思い出して少し嫌な気持ちにはなったけどまだ二学期まで日はある、大丈夫、たぶん大丈夫、そこに父が声を出した、

「流されとんな」

「浜見とけ言うたやろがい！」

見るの忘れてた。

浜の景色が変わっていた、赤い屋根の学校が見えない、

「にもつ」

とおれが言った、ボートに乗せられない荷物は浜に置いてある、でもほとんど乗せている、
父はあわてていた、浜のあった方へ向けてオールをこいでいた、あった方がどっちなのかおれにはわからない、父はおれに向いて座っていた、自分の背中の方へ向けてこいでいた、顔が違った、こんな顔の父をはじめて見た、イカリを下ろしていたのにどうしてとおれは思った、

「イカリは」

「え！」

イカリ
ひもが海へのびていた、イカリだ、父の向こうへのびていた、ひもを触った、

「触んな！」

父が怒鳴った、

「あ、そうか！」

また父が怒鳴った、

「こげ！」

父が言った、返事もせずにおれはオールにしがみついた、片方だけしかつかんでなかった、

もう片方は、輪からはずれかけていたから、急いでつかんだ、父はひもを引っ張っていた、

「イカリ流されとら」

引っ張りながら父が言った、

「こがんかい！　流されてまうど！」

父に向いてこいだ、

「反対じゃ！」

反対に向きかけて落ちかけた、父がバンと押した、
何で叩くん！

叩いたのじゃない、落ちかけてたのをボートに押し返した、またオールがはずれかけていた、よくはずれないなとおれは思った、輪に引っかかったオールを見ていた、

「何しとんねん！」

オールをつかんだ、

「ええいくそ！」

父の声が背中でした、進む方にひとが固まっている、二人が固まっている、
あ、今、二人って
「お父ちゃん！」

おれが言った、

「お父ちゃん！」

「お父ちゃんや」

と父が言った、流される前、泳いでいるとき、泳ぐ前か、父は自分のお父さんの話をしていた、おれのおじいさんの話だ、おばあちゃんの彼氏じゃなくて、ほんとうの。何て呼んでいたのか聞いたら父はそう言った、

「お父ちゃん」

「バンドマンやったらしい」

「わし知らんけどな」

「わし生まれる前や」

「大きな、ウッドベースひいてたらしい」

うっどべーす
「物言わずでな」

あれ？

「しゃべった記憶ない」

何か思い出しかけたけど思い出せない
「大きな、六畳間ぐらいの模型の飛行機こしらえて、エンジンつけて、ワイヤーつけて、飛ぶやつや」

「それ持って、兄貴らと」

トシやカズのことだ、

「広場行って、ワイヤーの先、杭《くい》につないで」

どういうものかよくわからなかった、

「エンジン回して」

「せーの、言うて四人で投げたら、わし小さいから、一人押し方間違えて」

「バン、いうて、落ちて」

「そしたら親父」

「飛行機ばらばらになるまでけって踏んで」

「みんな見とーし、恥ずかしかったんやろな」

「それからしばらくして死んだ」

「もう病気やったはずや」

「お父ちゃん！」

父には聞こえていない、背中で息の音がしている気がするけど水の音が大きすぎる、暑い、

「飛び込め！」

父が言った、

「浜へ泳げ！」

え、と思う間もなくおれは海にいた、父に突き落とされた、

「浜や！」

と父は言っていたような気がする、水を飲んだ、からい、水の中を見ているのか外なのかわ

からない、とにかく泳ぐ、最初はクロールで、でもすぐに平泳ぎで、浜はどっちかな、ベルコンが見えた、かくれた、見えた、あそこまで行こう、あそこまで行ったらわかる、浜はそのどっちかだ、流されているのがわかった、川みたいだ、反対には泳げない、でもどちらに向いているのかわからない、突然、ベルコンが大きく見えてきた、
もうついた！
と思ったら水の中にいた、うずまきなのがわかった、大きな丸い、何だろう、フジツボがいっぱいついている、魚がいた、
ベラや！
知っている、母があれをよく焼いて、たぶん、酢につけたのを作る、おれはあれが好きだ、母はどうしているのかな、妹はどうしているのかな、おれは海の中にいた、ゴホゴボという音が耳の横でした、水がきれいだ、やっぱり島の海はきれいだ、苦しくてたまらない、海の上に出ないと、手足を動かした、息が、とか思っていない、勝手に動いていた、上が見えた、太陽が見えた、水の中から、ゆらゆら動いている、もう少し
出た
息を吸った、
あれ、泳ぎやすい
浜が見えた、泳ぎながら浜が見えた、海が高くなっているみたい、あそこまで泳ぐ、浜まで、平泳ぎで、顔をつけた、目はあけていた、しみたりしない、足がついた、浜までまだあるのに

足に石が触った。

浜に上がったらすごく疲れていた、浜にあおむけに寝た、目を閉じた、はあこわかった、死ぬかとおもた、

ふう

父は！
からだを起こしてまわりを見た、右の向こうにベルコンが見えた、さっきと逆だ、少し考えてベルコンの反対に来ていたのがわかった、すごい、流されたのか泳いだのか、流されていた。浜を歩いた、父がいなかったらどうしようとか思わなかった、それよりのどがかわいていた、砂漠を歩くひとみたいだと思った、父がいた、声がした、さっきからしていたのはこれだった、海の音だと間違えていた、父は走って来た、父の走るのをはじめて見た、父の遠くにゴムボートが見えた、父はボートを捨てなかった、離さなかった、
でもおれを離した
父はたぶんゴムボートよりおれをどうにか浜へ連れて来た方がよかった、父にもおれにも、そうした方がよかったと思う、おれが泳げたからよかったけどもしこれがたけしなら死んでた。
父はしばらく話さなかった、元気がなかった、そりゃそうだ、のどがかわいていた、水筒なんかない、

「学校行こや」
小さな声で父が言った、二人で、もう二人て言う、おれは死にかけたのだ、草の坂をのぼって、道に出た、海が見えた、きれいな海、学校はもう使われていないのだとすぐにわかった、建物は斜めになっていたし、ひとの気配はしない、水道を探した、あった、一つだけあった、父がゆずってくれた、そらそうだ、おれはがぶがぶ飲んだ、飲み終わってもまた飲んだ、父もがぶがぶ飲んだ、と思ったら吐いた、でもまたすぐ飲んだ、腹いっぱい水を飲んで少し落ち着いた、昔は藤棚だったらしい鉄の棚の下に二人で座った、父は疲れていた、腕にはいくつか血が見えた、おれは、どこにも血はない、父が寝転んだ、おれも寝転んだ、藤のない棚で空は見えない、海の音はしていた、父は何も言わない、おれは何も言わない、からすが来てすぐ近くで鳴いた、バスをおりたときに見たやつだ、
「どないしたらええかわからんようになって」
父が言った、涙が出て来た、それは父が泣いていたからだと思う、
「お前つかんで飛び込まなあかんかった」
「慌てたらあかんな、慌てたら命取りや」
「怖かったな」
からすはおれと父の近くを離れない、
「慣れとんな」
「誰かがエサやってたんやな」

「ちちち」

父は動物にはやさしい、犬でも猫でもねずみでもからすでも、でもおれを叩く、母に暴れる、仕事をやめる、そういうひとだ、母はそのことをよく知っている、残念なひとだと母は言っていた、おれは父はかわいそうだと思っている、ああそうか、そう思っている、だけどやっぱりかわいそうだと思うのはかわいそうにと言われるより嫌だ、父とは一回やる、やって終わる、それでおれと父は解散する。

9

プールにしばちゃんとかいざきとしんじとまなぶがいた、他にもいた、まーちゃんはいなかった、何回も往復をしながら泳いでいたのは六年の川崎さんという女子で、学校で一番泳ぎが速かった、

「めっちゃ速い」
「一番速いかな」
「一番速いのは魚やろ」
「イルカ」
「イルカは速いわ」
「くじら」
「くじら泳がんでもゴールするやん」
「ゴジラ」
「ゴジラの名前ってくじらとゴリラやねんで」

「くりら」

「クリクリら」

「クリクリクリクリクリクリら」

「変じゃ」

「せみうるさ」

「せみ鳴いとん」

「鳴いとーやん」

「鳴いとー」

「しゃべっとー」

「やーやー言うとー」

「鳥も鳴いとー」

「めっちゃまぶしい」

「見てん、下」

「ゆらゆらしとー」

「鳴いとー」

「潜ったろ」

「鼻に水入った！」

「鼻の水抜かな腐んで」

「腐ったらどーなるん」

「くさなる」

　空が真っ黒に曇った、上がれ、とミウラが笛を吹いた、雨がバラバラバラバラと音を立てて降ってきた、まなぶが両手をひらいて上を向いて、アーメーアーメー、と言いながら歩いていた、しばちゃんが真似をして、しんじもそれに続いて、川崎さんは怖い顔をしていて、雨に濡れながら一年の教室にみんなで入った。雨は冷たかった、一年の教室は一階にあった、一年の教室は一階と決まっていた、階段を一年には上り下りさせない作戦やとしばちゃんは言った、何でとしんじが言った、子どもやからなとしばちゃんが言った。おれたちの教室は一年じゃないから別の校舎の上にあった、もっと大人になればもっと高い場所になるなぁとまなぶが言った、大人になったら学校行かんでええやろとおれが言った。

　暗いから誰かが電気をつけた、ケーコートー、誰かが言った、電気のついている教室は少しせまく見えた、おれは着替えて机に顔の右をつけて窓の外を見ていた、雨で窓の外の向こうの木がぼやけて左の耳を手で押さえるとつばを飲み込む音が聞こえた。

　一年のときはここにいた、大昔だ、今朝は起きてラジオ体操へ行って、はんこを押してもらって、ひろしくんとたけしと砂場で団子を作った、ひろしくんが帰って、たけしの母親がたけしを呼びに来て、少しだけ一人でいて、帰ると家の中は暑くて起きてしまったのだろう父はたばこを吸っていて、母は仕事へ行く準備をしていて、妹はテレビを見ていた、とても昔のことだ、母は「もうお昼や」「もう夕方や」とよく言うけどおれには今は午後だけど、夜までまだ全然遠かった、もう、なんてことはなかった。

バン、と大きな音がしたから顔を上げると、しまだとかいざきがつかみ合っていた、座ったまま二人が組み合っているのを見ていた、完全にかいざきはしまだに負けていた、しまだはだけど、てかげん、していた、猫が子猫にやるやつだ、たぶんしまだは学年で一番強い、女子だから誰もそう言わないだけだ、男はそこがずるいとしまだはきっと思っていた、ミウラが入って来て、けんかを止めた。馬に乗りたいと思った、遊園地でポニーになら乗ったことはあったけど、係りの人が手綱を引いていたのが気に入ってなかった、馬に乗る人間を大人子どもで区別しないでほしい、自分で手綱を持って、大きな馬に乗りたかった。雨はまだ降っていた、みんなが話していたのも聞こえていたけど雨の音で何を話していたのかよくわからなかった、まー、と声を小さく出してみた、右の耳を押さえてみた、そしてまた、まー、と出してみた、まー、しか聞こえなくなった、息が続く限り、まー、と出した、うまー、と出してみた、うまー、だけど、う、はすぐに消えてこれだと、まー、と同じになると気がついたから、うーまー、と出してみた、うーまー、

「アチョー」

「アーーー、アチョー」

「アチョ、アチョ、アチョー」

「でもあれほんまにアチョー言うとんかな」
「アチョー」
「アタタタタタタタ、も言うで」
「アタタタタタタタタ」
「テイ」
「何、テイて」
「テイー、て言うやん」
「言わへんわ」
「アチョー、アタタタタタタタタタ」
おれが飛び上がるように立ち上がった、
「何」
みんなびっくりしていた、
「おれ」
おれから声が出た、
「おれ」
「何どしたん」
忘れた、座った
「何やねん」

「テイ」

「テイなんか言わへんわ」

「言うって」

「アチョテイ」

「テイテイテイテイ」

「言わへん」

「言うって」

「浜崎さん机の裏に鼻くそつけんで」

「おれもつける」

「うそやん」

「どこにつけるん」

「つけへん」

「つけへんの？　なんで」

「食べる」

「おれも食べる」

「おやつやな」

「昆布に似てる」

「ミニ昆布や」

「ミニ昆布いかーすかー」
「かち割りいかーすかー」
「明日決勝」
「えーもー決勝」
「つばめ」
「すずめやん」
「つばめじゃ」
「つずめ」
「ブハー」

まーちゃんが公園にいた、たけしが砂場にいた、雨はやんで夕方だった、
「何しとん」
たけしが泥団子を持ち上げた、まーちゃんが来て、それからしばらく三人で泥団子を作った、
「しゅくだい」
宿題はかばんから出してもなかった、たけしに砂をかけた、砂は下の方が湿っていた、たまに猫のうんこがあった、たけしがびっくりしておれを見た、おれはまた砂をかけた、
「やめろや」
たけしが砂を投げ返してきた、まーちゃんが砂場の外へ出た、おれはたけしを泣かしてやろ

うと思ったけどたけしはもう少し泣いていたからやめた、夕方の前の空の色になっていた、まーちゃんは目を閉じて手でぎゅっと押さえるのを何回もしていた、

「何しとん」

「目をな、ぎゅーてやったらな、模様見えるやん」

まーちゃんが言った、

「いっつもそれ見とんねん」

やってみた、模様は確かに見えた、

「ほんまや」

たけしが言った、しばらく三人で目を閉じていた、川の音がしてからすが鳴いていた、車の走る音が聞こえていた、人の声はしなかった、俺が目を開けても二人は閉じたままだった、もしかしたらおれも閉じたままだったのかもしれない。


「さっちゃんはね、みちこっていうんだほんとはね、だけどちっちゃいからじぶんのことよっちゃんていうんだよ、かわいいな、たっちゃん」

「何それ」

「もっかい」

「よっちゃんはね、たっちゃんていうんだほんとはね、だけどちっちゃいからじぶんのこと、おっちゃんていうんだよ、かわいいな、さるさん」

「さるさんおったで」

「風呂屋で見た」

「さるさん風呂好きやからな」

「おーおー、言うてた」

「さるさんしゃべるん？」

「おーおーしか言わへんけど」

「仲ええん？」

「仲ええで」

「弟見た」

「弟普通にしゃべんで」

「顔似とん？」

「似とー」

「さるさんととらやん仲悪いよな」

「めっちゃ悪い」

「さる！　てとらやん言う」

「あうー」

「牛女死んでんで」

「うそやん」

「さっきのんもっかい言うて」
「みっちゃんはね、いっちゃんていうんだほんとはね、だけどちっちゃいからじぶんのこと、とっちゃんていうんだよ、かわいいな、さるさん」

男のひとがあらわれた、男のひとは頭をつるつるにそって、赤いスカートをはいてギターを持っていた、まーちゃんは目を閉じていた、男のひとがおれたちを見て笑って手をふった、おれがふり返したら近づいて来た、たけしはじっと見ていた、まーちゃんが目を開けた、
「君らは何しとん」
男のひとが言った、
「遊んどー」
おれが言った、
「ええな、僕も混ぜて」
男のひとが言った、スカートをはいていたから
「わたし」
と言うのかと思っていたら
「僕」
と言った、
「わたし、て言うときもあんでー、うち、って言うときもある、でも今は僕、名前はとりあえ

ず、ジョン」

「いろいろ言えていいな」

まーちゃんが言った、

「お、あんたは賢いな」

「まーちゃんめっちゃかしこいで」

「百科事典もっとー」

たけしが言った、

「十六色からすを君らは知ってるか」

「なにそれ」

たけしが言った、

「からすや、十六色からす」

知らない、

「虹みたいなん？」

「虹は何色でしょう」

「七」

「虹って七色て言うけど昔の人は違ってんで、五色とか二色とか、六色の人もおるし三色の国もあるねん」

まーちゃんが言った、

「お」

「ぼく一回数えてみたけど三色やった」

「しかし虹は七色とされてるね」

「誰かがそういうことに決めたんやと思う」

「誰かて誰やろ」

「それはわからへんけど」

「どこかの先生かな」

「そうやと思う」

まーちゃんがおしゃべりになっていた、

「うちは十六色まで数えたねん」

「すご！」

「その色の数を持つからすがいるねん、でもそれはな、私が数えられてるのが十六色ってことで多分もっとたくさんの色がかくされてると思うねん」

「どこにおるん」

「そこの川のぼって行ったらな、そしたらふたまたにわかれてるやろ、それを左へ行くねん、そしたら山にぶつかるやろ」

「護国神社」

「ああそうや、そこを越えてな、山へ向かうねん」

「山」

「そこにおる」

おれは山を見た、何回ものぼったことがあった、ケーブルカーとロープウェイを使わずにのぼった、初日の出も見たことがあった、

「山行ってみるか」

「行く」

たけしが言ったからおれが
「晩なってまうやろ」

と言ったら
「山での晩は確かにおそろしい、かわりにと言うのも変やけどたこ焼きでも食べに行かへんか」

とジョンが言って
「行く！」

と言ったのはまーちゃんで声が大きくてびっくりした。


「あつ！」

「夏！」

「津波！」

「みかん！」

「はや」

「矢！」

「山！」

「マントヒヒ！」

「ヒヒマント！」

「ヒヒマントって何やねん」

「マンドリル！」

「何それ」

「マンドリルやん」

「ドリル」

「口裂け女見てんて」

「誰が見たん」

「知らん」

「どこで」

「八幡神社」

「うそやん」

「誰が」

「知らん」

「おれわら人形ひろた」

「こわ」

「でも普通のわらやで」

「普通のわらなん？」

「釘は銀色やで」

「のろいあるんちゃうん」

「あるわ絶対」

「はふはふはふはふ」

「また空気食べとー」

「おれも空気食べよ」

「くさいな」

「ぼくじょうの前のんがくさいわ」

「死んだ猫のんがくさい」

「死んだら何でもくさいやん」

「くさいん？」

「冷蔵庫とかくさいやん」

「おれとこ下駄箱めっちゃくさい」

「牛おんねん下駄箱に」

「死んだ猫と」

「おれ死んだおじいさん見たことあんで」

「死んだのに？」

「歩いとった、橋のとこ」

「死んでない思とったんかな」

「聞いてないん？」

「一二、三四、五六七、八九十」


たこ焼き屋へは何回もろーじを曲がった、こんなにたくさんろーじがあるのを俺は知らなかった、ジョンは小さな音でギター弾き歌いながら歩いていた、

ろーじ
ろーじー
君はなぜろーじなのー
どうして大きな道じゃないのー
ろーじ
ろーじー

細い道
どこかへ続くのかと思ったらどこにも続かなかったりする
ろーじー

たけしは怖い顔でジョンを見ていた、一番細いろーじの突き当たりにたこ焼き屋はあった、
赤い提灯がぶら下がっていて、
たこやき
と書かれていた、戸を開けるとおばさんが一人でいた、赤い丸いすが四つ台の前にあった、
まんがが何冊かあった、
「たこ焼き、四人前」
おばさんは返事はしない、
「おまけ大歓迎」
おばさんは何も言わない、どこかで誰かがハーモニカを吹いていた、聞いたことのあるような気のする曲だった、おれは縦笛が嫌いだ、ジョンがハーモニカに合わせてギターを弾いた、
さっきよりも小さな音で弾いた、そして歌った、

君らもいつか大人になる
今を忘れて大人になる

このうた聞いたのも忘れて大人になる
しょーむない大人になる
一年が過ぎて二年が過ぎて十年が過ぎて三十年が過ぎる
そして一死ぬー
死ぬときやっと思い出す
ジョンとたこやき食べたこと

「へんなうた」
たけしが言った、突然ジョンが歯をむき出して歯ぐきまで見せて顔にしわを寄せた、たこ焼きが出来た、
「ソースなしで勝負しようや」
ジョンが言った、
「いややソースつける」
たけしが言った、
「ほな自分でお金払いや」
まーちゃんとおれとたけしの動きが止まった、
「好きに食べたかったらお金払い、わたしのお金で食べるんやったらソースなし、なぁおばちゃん、それはそうやんな」

「それはそうやで」
はじめておばさんが声を出した、おれはジョンがソースなしでと言ったときは、それもいいなと思っていた、だけど、今は、それも嫌になって、ここへ来なければよかったと思っていた、だけどもう来ていた、そんなのばっかりだ、ガタガタと戸が鳴った、風だった、たこ焼きは湯気が出ていた、夏だから薄い湯気だ、
「でも誘ったんはおっちゃんやん」
まーちゃんが言った、
「おっちゃんて誰に抜かしとんねん」
ジョンがおっさんの声を出した、おばさんは流しで洗い物をしていた、
「ごめんなさい、じゃあ、人間」
「まあええわ」
「僕ら誘われて、だけど」
まーちゃんがだまった、またしゃべり出した、
「僕、ら、子どもやからお金ない、だけど誘って、来た人が大人やったから食べ、させてくれるんかとおもてついて来ただけどたこ焼きはソースつけて食べるように作られてて、やのにソースなしって言うのは水の入ってない、プールで泳げって言うしらとり兄弟、みたいで、それはしたらあかんことやと僕は思う」
「質問」

「はい」
「ほんまにこのたこ焼きはソースつけて食べるように作られてるんやろか」
「それはおばちゃんに聞いてみなわからへん」
「おばちゃん、これはソースつけて食べるように作っとんか」
「たこ焼きやからな」
「つけなおいしないか」
「そらおいしないわ」
「絶対か」
「絶対やな」
「君は」
ジョンがまーちゃんに言った、
「絶対なんてことはあると思うか」
「みんな絶対死ぬで」
「そうなんか」
「そうやで」
「百科事典に書いてたか」
「それは、わからへん」
「いつか死ぬ」

とおれから声が出た、

「いつか死ぬとか言うやつ嫌いてうちのおとん言うてた」

「へぇ」

「誰が死ぬん」

たけしが言った、

「わたしは何歳か知ってるか」

ジョンが言った、

「知らん」

「二百七十歳や」

「うそや」

「ほんまや」

ジョンが笑って、それから顔を戻してまっすぐまーちゃんを見て、

「ソースつけよ」

と言って、自分のとおれのとたけしのとまーちゃんのにソースをつけてくれて、みんなで食べた、

「うちにもあんたらぐらいの子どもがおったんやで」

おばさんが言った、

「死んだん？」

たけしが言った、

「大人になってもた」

大人になってもたもたもた
大人になってもたもたもた

ジョンがたこ焼きを食べながら歌った、

「またへんなうた」

たけしがたこ焼きを食べながら言った、ジョンが歯をむき出して歯ぐきまで見せて顔にしわを寄せた、歯に青のりがついていた、店の奥でガタンと何かが倒れた、

「飯わい！」

奥から男のひとの声がした、

「飯や！」

またガタンと音がした、おばさんが奥に入って行った、

「昔の子どもや」

ジョンが笑いながら言った、

「おれのな、おばあちゃんの彼氏がな」

「おじいさんちゃうん」

「ちゃう」

「おじいさんやん」

「ちゃうておかん言うてた」

「おじいちゃん死んだとき、鼻出てた」

「死んでも鼻出るん！」

「死んだら上から見てんねんで」

「上てどこの」

「どこの上」

「全部の上ちゃう」

「何の全部」

「ソソソラソソ」

「橋歩いてたんちゃうん」

「あれトンビちゃうん」

「どれトンビ」

「あれ」

「あれトンビや」

「きつねにだまされてん」

「誰が」

「おばあちゃんの彼氏」
「かれし」
「駅からな、家帰ろうとすんねんけどな、また駅に出てな」
「回っとん」
「回っとーねん、何回も」
「何が」
「なんで」
「きつねにだまされとーから」
「きつねの映画見たでおれ昔」
「きつねだますん」
「だますねんて」
「たぬきちゃうん」
「おばちゃんの家の裏たぬき出んで」
「何てだますん」
「知らん」
「何の映画」
「何」
「きつねの何の映画」

「忘れた」
「テレビで晩、外国の映画やっとーやん」
「やっとー」
「おれ見るで」
「日本語うまいよな映画の外人」
「歌もうまいで外人」
「おれあれ見た」
「何」
「忘れた」

まーちゃんとたけしとおれの三人で店を出た、ジョンは一人でビールを飲み出したから、帰る、と言っておれたちは外に出た、ちゃんと三人でジョンに、
「ごちそうさまでした」
と言った、
「おい小鳥」
とジョンは言った、
「小鳥やて」
たけしが言った、

「小鳥が小鳥なんは小鳥のときだけやぞ」

ジョンが言った、

「大きなって変な鳥になれ」

ろーじを来た方へ歩いたつもりだったけど、帰り道がわからなかった、それでも歩いていたらつくだろうとしばらくは三人ともあまり話さずに歩いた、どこもはじめて見る景色だった、似た景色なんかなかった、黄色い屋根の家なんかはじめて見たし、赤く塗られたベランダもはじめて見た、電信柱もいつも見ていたのと違う位置にあった、まーちゃんが知らない家の前にはえていた朝顔の葉っぱを手で触った、そして両手でつつんでそのすき間に目を置いた、葉っぱだけを見ようとしていた、

「こーしたら、一緒やで、ぼくの育ててる朝顔と一緒」

おれもして見た、たけしもした、

「ちゃう」

たけしは言った、

「ちゃう朝顔や」

「一緒やん」

「ちゃう」

まーちゃんが泣き出した、たけしが小さな声で「ごめん」と言った、おれはまーちゃんに「泣かんとき」と言っていたけど、つられて泣きそうになっていた。

「とんぼや」
たけしが言った、赤いとんぼが飛んでいた、とんぼは山から来ると聞いたことがあった、山にいて、下が涼しくなりはじめると下りてくると聞いた、高校野球は明日決勝だし、何かちょっと涼しい気がしたし、飛ぶんじゃないかとは思っていた、ほんとうを言うとおれはジョンとたこ焼き屋へ向かっていた途中に見ていた、だけど見てないことにしていた、だから今も、見つけたのがおれだったら、見なかったことにしていたと思う、だけど残念ながら先に見つけたのはたけしで、たけしは見たものを見なかったことにするとか、そんなずるいドリブルみたいなことはしない、

夏休みが終わる

知らないろーじは続いていた、何回も行き止まりになった、まーちゃんはずっと泣いていた、うそ泣きみたいな泣き方に聞こえた、死体を見たことがあるかとたけしが言った、
「おれあるで」
「何で」
「おとん」
たぶんそれはたけしの父親のことだった、
「冷たくてな、かたいねん」

「かたいん？」

まーちゃんが言った、もう泣いてなかった、少し博士の顔になっていた、まーちゃんは賢いスイッチが入ると博士みたいな顔になる、死体でたぶんスイッチが入った、

「腐るん？」

「腐らへん」

「腐らへんの？」

「焼くもん」

「焼かんかったらは？」

「焼いてもた」

「焼かんかったらよかったのに」

「おれちゃうもん」

「誰が焼いたん」

「知らん人」

「お母さんちゃうん？」

「ママちゃう、男のひと、ネクタイしてた」

たけしが立ち止まった、しまだのお兄さんがろーじの向こうを歩いていた、たばこを吸いながら歩いていた、すぐそのあとをしらとり兄弟が続いた、三人はしゃべってなかった、しらとりにーちゃんはいつもと違う顔をしていて白かった、きょうじも違った、同じ人間の同じ顔な

のに違って見えていたのが不思議だった、
「ちゃう顔やったな」
「ちゃう顔やった」
たけしもまーちゃんもあとで言っていた、みんなわかっていたということは、顔のどこかがはっきり違っていたはずなのに、どこが違うと誰かに聞かれてもこたえられない、いつかの音楽会のとき、まなぶの顔が違っていて、誰かが
「弟みたいな顔」
と言った、あれもおれの思う不思議と同じだ、犬や猫はどうだろうとおれは思った、
「うそついたらばれるやん」
たけしが言った、
「うそついてるときはうそついてる顔してるてママいっつも言う」
「それどんな顔」
「今うそついてないからでけへん」
三人が少し行くのを待って、おれとたけしとまーちゃんはあとをついて歩いていた、向こうを歩く三人はたてになって歩いていた、こっちの三人もたてになって歩いていた、先頭がおれ、次にたけし、最後がまーちゃん、しまだのお兄さんとしらとり兄弟が左に曲がった、
「帰ろ」
まーちゃんが言った、

「帰りたかったら帰ったらええやん」
たけしが言った、
「家どっち」
「知らん」
まーちゃんの目に涙がたまるのがわかった、
「また泣いとー」
「泣いてない」
「泣くなや」
「泣いてない」
「涙たまっとーやん」
まーちゃんが腕で目をこすった、おれたちは角でちょっと待って、向こうを三人が歩いて行くのをのぞいて見てから曲がった、はげ山が見えた、
「はげ山や」
まーちゃんが言った、はげ山ならおれたちは知っていた、
「ぼく帰る」
まーちゃんが走って行った、はげ山まで行って、左に曲がればおれたちの住んでいたアパートだ、まーちゃんが左に消えた、

「なーなーおばあちゃんの彼氏ておじいさんやん」

「ちゃう」

「そうやん」

「ちゃう、おじいさんやったらおじいさん言うやん、ちゃうから彼氏やん」

「さやから彼氏やからおじいさんやん」

「ちゃう」

「きつね言うとーやん」

「きつねちゃうやん」

「きつねやん」

「きつねは別やん」

「きつねなんちゃうん？」

「誰が」

「かれし」

「店のおっさんとかおとんに旦那さんて言うで」

「どんなさん」

「ご主人とかも言う」

「ママ大将て言う」

「大将は店の人にやろ」

「何小？」

「誰が」

たけしがおれの名前を言った、

「ここ小」

「ここ小やて」

「どこ小」

「ここ小」

二人が笑った、

「まーちゃん帰れたかな」

「帰れたわ」

「見てちょー」

「ちんこ出すなや」

「しまだにけられんで」

「あいつけるやん」

「めっちゃける」

「痛いん？」

「足取れたかおもた」

「足取れたら死ぬやん」

「足取れても死なへんわ」
「死ぬわい」
「商店街で足取れた人見たで」
「それは取れてないねん」
「取れてたわい」
「取れかけてんねん」
「雷鳴った」
「いつ」
「今、ほら」

「おなか痛い」
たけしが言った、
「うんこ出る」
えー、
「どっか便所、借り」
「いやや」
「もれるで」
「そこでする」

たけしはよその家の前の植木鉢の奥にしゃがんだ、ぶー、と音がしてたけしが笑った、空が夕焼けになっていた、ピンク色のうすい方、明るい方が西で、はげ山の向こうで、だからあれの反対のピンクのこい方へ歩けば家で、まーちゃんはもうそこにいる、しまだのお兄さんとしらとり兄弟はいなくなっていた。

初出「アンデル　小さな文芸誌」二〇一八年九月号〜十二月号
単行本化に当たり大幅に加筆、修正しました。

装画　ながしまひろみ
装幀　鈴木久美

山下澄人

1966年、兵庫県生まれ。富良野塾二期生。96年より劇団FICTIONを主宰。2012年『緑のさる』で野間文芸新人賞を、17年『しんせかい』で芥川賞を受賞。その他の著書に『ギッちょん』『砂漠ダンス』『コルバトントリ』『ルンタ』『鳥の会議』『壁抜けの谷』『ほしのこ』がある。

小鳥《ことり》、来《く》る

2020年3月10日　初版発行

著　者　山下《やました》　澄人《すみと》
発行者　松田　陽三
発行所　中央公論新社
〒100-8152　東京都千代田区大手町1-7-1
電話　販売 03-5299-1730　編集 03-5299-1740
URL http://www.chuko.co.jp/

ＤＴＰ　嵐下英治
印　刷　図書印刷
製　本　小泉製本

Published by CHUOKORON-SHINSHA, INC.
Printed in Japan　ISBN978-4-12-005280-4 C0093

壁抜けの谷

山下澄人著

「ここええわ。わたしこの景色見ながら死の」——死んだ友だち。誰とでも寝る母。あいまいな記憶。はじまりも、終わりもない、「ぼく」と「わたし」と死者のダンス。存在することの根本を問いかけ、認識の足枷を叩き割る渾身の長編小説。

単行本／一六〇〇円（税別）